Eläimet evakossa

Omistan tämän kirjan äidilleni, sinnikkäälle maailmanmatkaajalle, joka eläkkeelle siirtymisensä jälkeen on kiertänyt kaikki maapallon mantereet ja vielä nytkin, 90-vuotiaana, haaveilee uusista matkoista. Kiitän rakasta miestäni ja tytärtäni ideoista ja kannustuksesta kirjoittaessani tätä tarinaa, ja erityiset mahtikiitokset saa tämän(kin) kirjan taitavat kuvittaja ja taittaja.

Marita Korpilinna
ELÄINTEN VANHAINKOTI
ELÄIMET EVAKOSSA

© 2013 Marita Korpilinna

Kustantaja: Books on Demand GmbH, Helsinki, Suomi

Valmistaja: Books on Demand GmbH, Norderstedt, Saksa

ISBN: 978-952-286-687-5

Kuvitus: Noora Tyrmi

Taitto ja kannen suunnittelu: Helena Leivo

LUKU 1

PERUSKORJAUSTA PUKKAA

Eläinten vanhainkodin emäntä Strutsi kiirehti takaisin ruokasaliin. Se oli kesken ruokailun saanut puhelun ja nyt sillä oli ilmoitettavaa vanhuksille. Uutinen oli hyvä kertoa nyt lounaalla, jotta vanhukset saisivat päivän mittaan sulatella asiaa eivätkä menettäisi yöuniaan. Saavuttuaan saliin Strutsi katseli hyväntuulista vanhusjoukkoa, joka iloisena söi ja laski leikkiä. Siinä istuivat herrasmieskaverukset Koira Tasakäpälä ja Vuohi Pate von Mäkätin, Hevonen Pattijalka puolison-sa Fatiman kanssa, rouva Kilpikonna, jonka ikää kukaan ei tarkalleen tiennyt, Kalkkuna Kepa Helttanen, Simpanssi Monsieur Singe (Monsieur-titteli oli jäänne Simpanssin ravintoloitsija-ajoilta) sekä tietenkin Strutsin puoliso Karhu, eläkkeellä oleva poliisi.

- Rakkaat ystävät, aloitti Strutsi. - Minulla on teille uutisia. Olen juuri saanut viranomaisilta tiedon, että Eläinten vanhainkoti joudutaan peruskorjaamaan. Se tarkoittaa sitä, että meidän on löydettävä remontin ajaksi asunto itsellemme, Strutsi sanoi.

- Mitä sie Strutsi oikei höpäjät? Mihi myö täält lähettäs? ihmetteli Kalkkuna.

1

- Päärakennuksessa ei voi asua peruskorjauksen aikana, huokaisi Strutsi. - Mutta kyllä me jotain keksimme, se jatkoi sitten reippaasti. - Älkää huolehtiko, ei kukaan teitä vanhuksia taivasalle aja.

- Te voitte kaikki tulla Fatiman ja minun kanssani talliin asumaan, kyllä sopu sijaa antaa, hirnahti Pattijalka. - Vai mitä, kaunokaiseni? Pattijalka kääntyi ikääntyneen, mutta vielä vetävän näköisen tamman puoleen.

- Tietenkin, rakkaani, vastasi Fatima ripsiään vienosti räpsytellen. - Kyllä se minulle sopii.

- Ei tässä hengenhätää ole, remontin paperiasioiden hoitamiseen menee oma aikansa, sanoi Strutsi. Sitä liikutti hevospariskunnan avuliaisuus. - Kyllä talli taitaa olla ahdas tälle porukalle, Strutsi jatkoi hymyillen. Se vaistosi pientä levottomuutta vanhuksissa. Onneksi rottakokit kantoivat juuri silloin jälkiruoan keittiöstä ja vanhukset saivat hetkeksi muuta miettimistä. Tarjolla oli mansikoita ja kermavaahtoa, suut makeana oli vaikea ajatella ikäviä asioita.

Kesä oli hehkeimmillään. Vanhukset joivat lounaan jälkeen kahvia pihalla omenapuiden siimeksessä. Tunnelma oli seisahtunut, aivan kuin jostakin vanhasta venäläisestä novellista. Kärpäset lerhailivat laiskasti, vanhusten tavanomainen rupattelu oli tauonnut, eläimet tunsivat itsensä liian veltoiksi edes puhumaan.

Hiljaisuudesta huolimatta vanhusten päässä pyöri ajatuksia. Kukin eläin vaipui mietteisiinsä. Minne vanhainkodin asukkaat muuttaisivat? Hevosten tarjoama asumismahdollisuus tallissa oli kaunis ajatus, mutta olisi toivotonta ahtaa vanhukset niin pieneen tilaan. Taivasalla ei viitsinyt vanhana enää elää, joten jonkinlainen asumus oli saatava. Mutta mistä ja minkälainen? Vuohi ja sen paras ystävä Koira Tasakäpälä olivat joustavia ja kykenivät sopeutumaan minkälaisiin olosuhteisiin hyvänsä, ne eivät nurisseet. Ei nurissut myöskään Kepa Helttanen, sota- ja pula-ajan nähnyt, elämän koulima kalkkuna. Simpanssi oli käynyt monen monessa paikassa sirkusaikoinaan, ei sekään helposti valittanut. Tarkemmin ajatellen kukaan vanhuksista ei ollut varsinaista valittajatyyppiä. Kilpikonna oli ajoittain niin huono-muistinen, että sille asuinpaikka oli melko yhdentekevä. Ja Vuohi oli nähnyt maailmaa ja erilaisia olosuhteita, ei sitä haitannut vaihtaa ma-jaa väliaikaisesti. Vaihtelu virkistää, hymähti Vuohi itsekseen. Sen aja-tus alkoi liikkua yhä hitaammin keskikesän auringossa ja lämmössä. Hetken kuluttua se vajosi miellyttävään, pehmeään horteeseen. Oli ihanan hiljaista.

Vuohi heräsi säpsähtäen hirvittävään musiikin rytkeeseen ja maan tömähtelyyn. Se oli hetken aivan sekaisin. Sitten se näki Pattijalan tanssimassa pihamaalla Fatiman kanssa. Unisia silmiään siristellen Vuohi oli tunnistavinaan samban askelkuviot. Pattijalka oli kyllästy-nyt kesäpäivän liikkumattomaan äänettömyyteen ja laittanut musii-kin soimaan täysillä. Vanhukset hätkähtelivät horroksistaan hereille yksi toisensa jälkeen.

- Mitä sie Pattijalka tuol viisii säikyttelet vanhoi eläimii? Mie jo luuli jot sota sytty. Et sie vähemmäl kuule tuota jumputust? kotkotti Kalk-kuna. - Just ko ol nii rauhallist ja mukavaa, nii siu pit mennä pillaamaa luonnorauha, se kaakatti paheksuen.

- No no, älähän nyt Kepa hermostu, hirnahteli Pattijalka hyväntuu-lisena. - Tuli niin raskassoutuinen olo siitä hiljaisuudesta. Olen tottu-nut siihen, että on vauhtia ja elämää. Vanhoina tähtijuoksija-aikoina-ni näet...

- Tiedetään, tiedetään, huutelivat vanhukset, joiden mielistä ja jäse-nistä iltapäivän raukeus vähitellen haihtui.

- Lapikasta vaan lattiaan kaikki! Koskaan ei tiedä, milloin kavio kyl-menee, täytyy tanssia silloin kun vielä voi! rallatteli Hevonen innois-saan.

- Niin, ja mistä sitäkään tietää, jos ei päästä evakossa tanssimaan, sa-noi Karhu iskien silmää Strutsille. - Tulehan tyttöseni, nyt mennään! Strutsi lehahti nauraen ja naama punoittaen Karhun karvaisille käsi-varsille ja niin rytmi vei nekin mukanaan.

Innostus tarttui muihinkin vanhuksiin ja kohta kaikki tanssivat pihamaalla. Monen eri tyylin mestareita löytyi. Ainoastaan Kilpikonna nukkui edelleen, se ei ollut edes herännyt musiikin pauhuun. Keittiöhenkilökunta eli rottapojat joutuivat kantamaan ämpärikaupalla raikkaita virvokkeita pihalle, jotta vanhukset eivät pyörtyisi tai saisi lämpöhalvausta pihamaalla kekkuloidessaan.

Oli hyvä, että vanhukset väsyttivät itsensä, ei mene yö sitten muuttoa hautoessa, ajatteli Strutsi. Se oli jatkuvasta huolestuneisuudestaan huolimatta myönteinen lintu ja sen myötäsyntyinen usko elämässä pärjäämiseen oli vain vahvistunut sen saatua rinnalleen Karhu-herran. Strutsi silmäili lämpimästi ruohikolla pyörähtelevää siippaansa, joka oli vienyt Kalkkunan mamboon. Joskus aikaisemmin tällainen tilanne olisi aiheuttanut mustasukkaisuuden tunteen, mutta ei enää. Strutsi lähti keittiöön valmistelemaan päivällistä rottakokkien ja Simpanssin kanssa. Tanssin aiheuttaman energiankulutuksen jälkeen päivällispöydässä istuisi todennäköisesti lauma sudennälkäisiä vanhuksia, Strutsi virnisti itsekseen.

Vanhukset söivät hyvällä ruokahalulla kaiken, minkä Simpanssi ja rotat pöytään kantoivat. Ja päivällisen jälkeen kaikki olivat niin väsyneitä, etteivät jaksaneet jäädä oleskelutiloihin rupattelemaan keskenään niin kuin yleensä. Ainoastaan Strutsi ja Karhu istuskelivat tapansa mukaan lempipaikallaan takan ääressä, vaikkei siinä kesällä tulta pidettykään. Ne keskustelivat hiljaisella äänellä Eläinten vanhainkodin remontista ja puntaroivat asumisvaihtoehtoja peruskorjauksen ajaksi. Kunta oli jo ehtinyt tarjota hajasijoitusta vanhuksille, mutta Strutsi halusi pitää vanhukset yhdessä eikä itsekään halunnut erota heistä.

KORPPI, KUOLEMAN KURIIRI

Eräänä päivänä lounaan jälkeen Kalkkuna säntäsi pystyyn tuolissaan ja julisti naama loistaen ja heltta punoittaen, että ratkaisu tulevaan asumiseen oli löytynyt.

- Nyt mie oon sen keksint! Myö mennää Korkeesaaree asumaa! Siel on eläiystävälline ilmapiiri. Mite mie en heti tullu ajatelleeks näi hienoo mahollisuutta? Aatelkaa mite ois virkistävvää iha vieraitte elukoitte kans välil haastella. Tääl myö päivät pitkät kattoo napitettaa toi-

5

siamme, Korkeesaares nähtäs muitakii eläimii. Kalkkuna oikein säteili loistavan ideansa kerrottuaan.

- Vai virkistävää? tiuskaisi Kilpikonna äreästi. Se oli vaihteeksi täysin hereillä ja valpas. - Miten niin virkistävää? Siellähän täytyy asua kopissa tai verkolla aidatulla alueella. Sellaista minä sanon vankilaksi enkä eläinystävälliseksi ympäristöksi. Täytyykö tässä vanhoilla päivillään vielä vankilaan mennä? En suostu.

- Sie et sit ymmärrä mittää. Ja ain sie oot nii negatiivine. Kattosit asiaa valosalt puolelt. Saisit tavata uusii eläimii ja voisit saaha uusii ystäviikii. Mut ko siu pittää ain ensi nähä ne varjopuolet, Kalkkuna tuhisi heltta väpättäen.

- Oli miten oli, minä en lähde. En suostu, eikä kukaan voi pakottaa, sanoi Kilpikonna jämäkästi. Vanhukset tiesivät, että Kilpikonna oli päätöksensä tehnyt.

- Oot sie kans yks..., motkotti Kalkkuna. Se oli tavattoman harmistunut Kilpikonnan vastustuksesta, sillä se oli itse valvonut yöllä monta tuntia pohtiessaan asumisasiaa ja sitten saanut aivan kuin välähdyksenomaisesti loistoajatuksensa.

- Kuule Kepa. Ajatuksesi ei ole ollenkaan huono. Ehkä olemme kuitenkin liian vanhoja elämään häkeissä ja kopeissa, kun emme ole sitä tähänkään asti tehneet, lepytteli Koira vanhaa Kalkkunaa. - Annetaan kaikessa rauhassa ideoiden kehittyä, kyllä me lopulta keksimme kaikkia ilahduttavan ratkaisun, Koira jatkoi.

- Oli menneeks. Mut kyl miu ehotus kuiteki ol hyvä, se marmatti hiljaisella äänellä puoliksi itsekseen. - Eihä tääl tunnu muil oleva senkää vertaa ideoit ko miul, se sanoi sitten äänekkäämmin.

- Olet oikeassa, Kepa, myönsi Vuohi leppoisasti. - Eipä ole ideoita, ei. Kyllä me tiedämme, että olet aina halunnut Korkeasaareen, mutta on eri asia käydä siellä retkellä kuin asua siellä, Vuohi jatkoi myötätuntoisesti.

- Niihä se on, mie oon ain halunt käyvä siellä, myönsi Kalkkuna hai-keana, mutta jo selvästi leppyneenä. Kepa Helttanen ei ollut pitkään murjottavaa kalkkunatyyppiä.

- Mennäänpä kaikki puutarhaan jälkiruokakahville, sirkutti Strutsi. - Olen leiponut rottien ja herra Simpanssin kanssa jättimäisen mansik-kakakun.

- Hienoa, mahtavaa! kailottivat vanhukset. Eipä ollut mansikkaka-kun voittanutta ja niin siirryttiin ulos nauttimaan kesäisestä päivästä ja unohdettiin mieliharmit toistaiseksi.

- Rotat, käykääpä metsässä ilmoittamassa herra Hirvelle ja herra Ma-javalle, että kakkua riittää heillekin ja saavat vielä viedä perheilleen-kin tuliaisia, touhusi Strutsi rotille sisään mennessään.

Tuskin oli kahvi juotu ja mansikkakakku syöty, kun auringon peitti tumma varjo. Hahmo laskeutui tyylikkäästi kaartaen pihamaalle. Van-hukset tuijottivat kummastuneina mustaa lintua. Sillä oli nokassaan rullalle kääritty paperi, jonka se nakkasi viereensä. Lintu suki nokal-laan muutamaa höyhentä rinnassaan, yskähti arvokkaasti ja alkoi pu-hua.

- Päivää, olen lakiasiaintoimistosta Korppi & Poika, vanhempi osa-kas. Etsin herra Karhua. Mahtaako hän olla paikalla?

- Minä käyn hakemassa, sanoi Koira ja livahti sisään. Hetken kuluttua se tuli ulos Karhu kannoillaan.

- Päivää, minä olen Karhu. Mitähän asia koskee? kysyi Karhu kiinnos-tuneena.

- Päivää, herra Karhu. Olen lakiasiaintoimistosta Korppi & Poika, van-hempi osakas. Valittaen minun on todettava, että tuon teille suruvies-tin. Veljenne Merikarhu on kuollut. Otan osaa. Hän oli oikein miellyt-tävä herra. Vanhanajan herrasmiesmerikarhu, jos sallitte ilmaisun.

7

- Vai niin, vai niin on käynyt, sanoi Karhu hieman hämmentyneenä. Se oli nähnyt veljensä viimeksi joskus kauan, kauan sitten. Pieninä karhupalleroina ne olivat paljonkin painineet ja leikkineet yhdessä, mutta aikuisiällä tiet olivat sitten erkaantuneet, niin kuin karhuperheissä usein käy.

- Niin, valitettavasti. Meillä asioidessaan veljenne muisteli teitä aina lämmöllä, samoin veljeänne Verokarhua. Hän käyttikin paljon toimistomme palveluita. Muisti aina kysellä teidänkin kuulumisianne. Kerroin mitä tiesin. Hautajaisia ei tarvita. Veljenne halusi itsensä haudattavan mereen ja niin on toimittu.

- Jaha, vai niin, Karhu vastasi raapien niskaansa epätietoisena. - Kiitän teitä tästä ilmoituksesta, herra Korppi. Järjestän täällä vanhainkodissa pienimuotoisen muistotilaisuuden veljelleni.

- Se on kaunis ajatus, tehkää niin, sanoi Korppi aavistuksen verran kumartaen. - Mutta oli minulla vielä muutakin asiaa. Veljellänne oli jonkin verran omaisuutta, ei paljon, mutta ei ihan vähänkään. Hän on testamentannut omaisuutensa varattomille merikarhuille.

- Eipä se minua haittaa, sanoi Karhu asianajajalle. - Minulla on täällä vanhainkodissa oikein hyvät oltavat enkä rahaa sen kummemmin tarvitse. Veljen rahat menevät hyvään tarkoitukseen, kun ne varattomille annetaan.

- Se on hyvä kuulla, virkkoi Korppi. - Veljenne halusi kuitenkin muistaa teitä testamentissaan ja jätti teille jotakin. Tässä minulla on luovutusasiakirja. Korppi nokkaisi paperikäärön maasta ja ojensi sen Karhulle.

- Jaa, mitä hän minulle jätti? ihmetteli Karhu.

- Rahtilaivan, herra Karhu, vastasi Korppi.

8

- Rahtilaivan? toisti Karhu ja tuijotti Korppia. - Mitä kummaa minä teen rahtilaivalla? Karhua alkoi naurattaa koko hullunkurinen tilanne. Muutkin eläimet tuijottivat ällistyneinä korppia.

- Siihen en valitettavasti osaa vastata, herra Karhu. Tällä hetkellä laiva on satamassa meren rannalla. Voitte rauhassa miettiä veljenne lahjoitusta ja sitä, mitä haluatte tehdä sen kanssa. Toimistomme on käytössänne, mikäli haluatte esimerkiksi myydä laivan. Autamme kaikin tavoin.

- Tätä asiaa täytyy tosiaan pohtia, kaikki tuli niin äkkiä, sanoi Karhu ja katseli hämmentyneenä ympärilleen. - Mitäs jos minä sulattelen näitä uutisia ja otan sitten yhteyttä teihin, se sanoi sitten Korpille.

- Tehkää niin, herra Karhu. Vielä kerran, otan osaa veljenne kuoleman johdosta. Näkemiin nyt sitten, minä tästä lähden.

- Näkemiin, herra Korppi, älysivät Karhu ja vanhukset sentään hämmästykseltään sanoa, kun Korppi nousi siivilleen ja lensi pois.

- Hää olkii varsi viksu ja vilmaattine lintu, tointui Kepa Helttanen ensimmäisenä puhumaan. - Kylhä tuos nyt olkii uutine poikinee, hyvä ihme sentää. Miekii ota ossaa veljes vuoks, Karhu. Oliks hää mite läheine siul?

- Karhunpoikina leikittiin, mutta aikuisina me kaikki veljekset lähdimme omille teillemme, vastasi Karhu vieläkin jotenkin hämmentyneenä ja lähti sitten löntystämään sisätiloihin. Eläinvanhukset antoivat sille hienotunteisesti tietä.

Seuraavana päivänä pidettiin vaatimaton muistotilaisuus Karhun veljelle. Tilaisuus oli lyhyt ja koruton, koska Karhu-herra ei tuntenut velivainajansa lapsuutta myöhempiä vaiheita eivätkä muut läsnäolijat tunteet vainajaa. Lämpimästi Karhu-herra kuitenkin muisteli lapsuuden leikkitoveriaan. Monet karhunpainit oli painittu ja metsässä syöty marjoja ja telmitty. Oli leikitty piilosta ja käyty hunajavarkaissakin aina tilaisuuden tullen. Ei se karhunpojankaan suu tuohesta ole, oli ollut niin ihanaa mässäillä hunajalla.

Yöllä Karhu näki unta. Se kynti aavaa merta rahtilaivalla kapteeninlakki päässään kohti suurenmoisia seikkailuja. Rannaton ulappa säihkyi auringonpaisteessa, matalat aallot pärskähtelivät laivan kylkiä vasten, eläinvanhukset lekottelivat aurinkotuoleissaan kannella ja tunnelma oli kiireetön ja leppoisa. Eläinvanhukset? Mitä kummaa? Mitä ne täällä hänen laivassaan tekivät? Karhu heräsi niin voimakkaasti säpsähtäen, että Strutsikin puolittain heräsi.

- Mikä on? Vetääkö suonta, kultaseni? se mumisi.

- Siinä se on! huudahti Karhu.

- Mikä on siinä? ihmetteli Strutsi unenpöpperössä.

- Ratkaisu! Ratkaisu on löytynyt! Karhu kuiski kiihtyneenä.

- Mitä ihmettä sinä siinä höpötät keskellä yötä? Mihin on löytynyt ratkaisu? Strutsi hieroi silmiään, joista oli uni karisemassa, ja orastava kiukuntunne alkoi nostaa päätään Strutsin mielessä. - Puhu nyt niin, että minäkin ymmärrän tai paina pääsi takaisin tyynyyn ja nuku.

- Me lähdemme merille! ilmoitti Karhu voitonriemuisena.

- Eihän sinun jutuistasi saa mitään tolkkua, sanoi Strutsi ärtyneenä. - Minä menen keittämään teetä, sillä ainakin minun uneni häipyivät jo taivaan tuuliin.

- Minä tulen mukaan, ilmoitti Karhu hyväntuulisesti.

- No tule sitten, tuhisi Strutsi ja pyyhälsi keittiöön Karhu-herra perässään.

Kun ne sitten siemailivat kamomillateetä, niin Karhu kertoi innostuneena saaneensa unessa ratkaisun vanhusten asunto-ongelmaan.

Vanhainkodin väki ja tavarat lastattaisiin Karhun velivainajalta pe-rittyyn rahtilaivaan ja lähdettäisiin merille koko sakki. Strutsi tuijotti hetken puolisoaan. Lopulta asian valjetessa sille kokonaisuudessaan Strutsissa asuva pieni seikkailija voitti ja se hymyili leveästi Karhulle.

- Sinä olet nero, rakkaani! se huudahti. - Luuletko, että oivallinen aja-tuksesi saa kannatusta vanhusten keskuudessa?

- Jos yhtään heitä tunnen, niin luulen että saa, Karhu römähti nau-ramaan. - Aamukahvilla kerromme ideani, sittenpä nähdään, kuinka käy, se jatkoi. - Mutta yritetään vielä saada unta, tyttöseni. Mennään takaisin pehkuihin.

Sänkyyn päästyään Karhu alkoi samantien kuorsata. Strutsi sen si-jaan juuttui miettimään muuttoa. Miten vanhukset saataisiin kun-nialla laivaan? Miten ruokailuun liittyvät asiat, ostokset ja muut hoi-dettaisiin? Ajatukset pyörivät ja pörräsivät Strutsin päässä, kunnes armahtava uni viimein saapui ja rauhoitti mielen.

PUOLIKSI SUUNNITELTU ON MELKEIN HYVIN TEHTY

Karhun suunnitelman aiheuttama hälinä aamiaispöydässä oli sa-noinkuvaamaton. Oli epäuskoisia ilmeitä, hämmästyneitä huudah-duksia, innostuksen kiljahduksia, ja Kalkkunan heltta punoitti kirk-kaammin kuin koskaan. Että osaa vanhoista eläimistä lähteä ääntä, päivitteli Karhu itsekseen. Oli se ennenkin kuullut vanhusten innostu-van, mutta tämä meteli meni kyllä yli kaiken aikaisemman. Vaan tuli-kohan kerrotuksi suunnitelmasta liian aikaisin? Menisi vielä aikaa en-nen kuin päästäisiin lähtemään. Pitäisi käydä ensin katsastamassa laivan kunto, sopia Korpin kanssa mahdolliset juridiset seikat ja pape-riasiat, pakata tavaroita, tehdä ostoksia ja niin edelleen. Ja jos eläin-vanhukset eivät pysyisi innostuksissaan nahoissaan, niin matkan odo-tus kävisi vielä hermojen päälle...

11

Karhu oli itsekin tohkeissaan tulevasta merimatkasta. Ehkä hän sen tekemällä pääsisi jyvälle siitä, mikä meressä oli velivainajaa kiehtonut. Ja ehkä hän siten pääsisi jollakin lailla lähemmäs veljeäänkin. Liian vähän oli tullut pidetyksi yhteyttä vuosien varrella. Ja nyt, niin kuin elämässä usein tapahtuu, oli myöhäistä. Mutta koska Karhu-herra ei ollut pohjimmiltaan huolten raskauttamaa eläinsorttia, se rykäisi palan kurkustaan ja ryhtyi suunnittelupuuhiin.

Strutsi lähti Karhun mukaan katsastamaan laivaa meren rantaan. Simpanssi jäi rottapoikien kanssa pitämään huolta vanhusten hyvinvoinnista sekä keittiöaskareista. Simpanssi kokkasi aterioille ylimääräisiä herkkuja, kun Strutsin kaloreita huolella valvova silmä ei ollut vahtimassa tilannetta. Vanhukset ymmärsivät tämän hauskuuden olevan väliaikaista, joten tilaisuus syödä herkkuja käytettiin kaihtelematta hyväksi.

Eläinvanhukset olivat saaneet tehtäväkseen kerätä matkalle mukaan itselleen tärkeitä tavaroita, loput pantaisiin varastoon odottamaan meriltä paluuta. Soittimet pakattaisiin ilman muuta mukaan, matkalla olisi aikaa harjoitella The New Animalsin vanhaa ohjelmistoa ja kenties kehitellä uuttakin. Koiraa mietitytti kovasti. Se soitti sähkökitaraa, eikä ollut tietoa, saataisiinko laivalla sähköä. Simpanssi ja Vuohi lohduttelivat, että laivassa saattaisi hyvinkin olla oma generaattori, jolloin sähkön saanti järjestyisi. Ja olihan niitä olemassa akustisiakin kitaroita.

Parin päivän päästä Karhu ja Strutsi tulivat iloisina takaisin. Ne kertoivat, että laiva oli loistokunnossa: siinä oli oma generaattori, tarpeeksi nukkumatiloja, hyvät keittiö- ja saniteettitilat, ruumassa tilaa tavaroille ja ruoille sekä kaiken lisäksi viihtyisät oleskelu- ja ruokailutilat. Korpin kanssa oli paperiasiat hoidettu kuntoon, mikään ei enää estänyt vanhainkodin asukkeja lähtemästä merille.

Illallisella keskusteltiin vilkkaasti tulevasta merimatkasta. Eläinvanhukset olivat aivan kuin nuortuneet pelkästä innostuksesta. Strutsia liikutti. Tuleva matka olisi todennäköisesti monelle näistä eläinvanhuksista viimeinen mahdollisuus nähdä muutakin kuin vanhainkotia.

- Mut kenestäs myö kapteeni tehhää? välähti Kepa Helttasella. - Mie en ainakaa tiiä merekulust mittää.

- Niin, tosiaan, kenestä? Onko kenelläkään merenkulkutaitoja? kysyi Strutsi huolestuneena.

- Krhm, yskäisi Vuohi teennäisen vaatimattomasti. - Minähän olin aikanaan Venäjän tsaarin laivastossa niin kuin olen teille kertonut. Tosin olin, niin kuin tiedätte, orkesterin huilisti, mutta opin laivassa merenkulustakin yhtä ja toista.

- Ja minä olen kiertänyt paljonkin maailmaa sirkusurallani, ilmoitti Simpanssi. - Matkusteltiin usein mantereelta toiselle. Siinä oli aikaa opetella navigointia ja merimerkkejä, kun en jaksanut volttejakaan kaiken aikaa heitellä. Kyllä me Vuohen kanssa homma hoidetaan, älkää huolehtiko. Aina sitä yksi purkki saadaan liikenteeseen.

- No sehä onkii hyvä se, virkkoi Kalkkuna. - Mut mie kyl ehottasi et työ opetatte meil muilkii merekulkuasioit. Mistä sitä ikinä tietää millo tällane vanha elläi kupsahtaa, paremp ko on varakapteenit reservis.

- Kepa on kyllä harvinaisen oikeassa, myönsi Vuohi. - Mitä jos jo tänään aloittaisimme opiskelun?

- Kyl se miul passaa, sanoi Kalkkuna ja nousi lähteäkseen hakemaan muistiinpanovälineitä.

- Tuota, meillä olisi asiaa Fatiman kanssa, sanoi silloin Pattijalka keskeyttäen Kepan lähtöpuuhat. - Ajateltiin niin, että jos me jäätäisiin tänne vanhainkodin talliin, kun ei se peruskorjaus meidän kotia koske. Voitaisiin samalla vähän pitää silmällä tonttia. Asiattomia tyyppejä voi joskus liikuskella maisemissa.

- Se on hyvä ajatus, sanoi Karhu tuiman näköisenä. Sille ja muillekin muistui mieleen eräs grynderi, El Condor Jr., joka oli ahdistellut vanhainkodin asukkeja jokin aika sitten. - On ehkä tosiaan parasta, että jäätte tänne.

- Ja metsästä löytyy Herra Hirvi ja pari muutakin sarvipäätä, jotka voivat olla apuna asiattomien häätämishommissa, sanoi Pattijalka painokkaasti.

Strutsi tunsi helpotusta siitä, että Fatima ja Pattijalka jäisivät talliin. Vaikka hevoset olivat vanhoja, niin kyllä niistä vielä sisua löytyi sekä neljä paria kovia kavioita tarpeen tullen. Strutsia puistatti pelkkä ajatuskin grynderistä, niin iljettävä tyyppi oli ollut. Onneksi sitä ei ollut enää näkynyt.

Seuraavat päivät kuluivat matkaa valmistellessa. Vanhukset opiskelivat merenkulkua ahkerasti, paitsi Kilpikonna. Se nukkui entistä enemmän ja unohteli asioita. Strutsi luotti siihen, että Kilpikonnallakin olisi hyvä olla laivassa, kun oli tuttuja eläimiä ja esineitä ympärillä. Eräänä päivänä aamiaispöydässä Kilpikonna sai yhden yhä harvenevista kirkkaista hetkistään.

- No niin, milloinkas sitä oikein lähdetään? Minä olen jo pakannut mukaan kaiken, minkä tarvitsen. Vihdoinkin säpinää! Olen kyllästynyt siihen, ettei tapahdu mitään. Kauanko tässä vielä täytyy kuppailla ja odotella lähtöä? se kärisi vanhalla äänellään.

- Minun puolestani voidaan lähteä vaikka heti, myhäili Karhu huvittuneena. Se oli aina pitänyt tuosta äreästä vanhasta rouvasta, joka ei vauhtiakaan kaihtanut.

- Lähdetään sitten menemään. Minä haluan nähdä maailmaa ennen Tuonelan kutsua, Kilpikonna käkätti. - En halua homehtua vanhainkodissa, vaikka onhan täällä omat hyvätkin puolensa.

- Tilaan ylihuomiseksi bussin, on sitten vielä yksi päivä aikaa tehdä viime hetken asioita, sanoi Karhu pidätellen nauruaan.

- Se on hyvä, odottaminen on tylsää, ärähti Kilpikonna. - Mikäs sen paatin nimi on?

- Öh, tuota, se on Meritursas, sanoi Karhu rykien.

- Mitä! Onko sen paatin nimi Meritursas? Ei voi olla! Ei voi olla totta! Kilpikonna nauraa rätkätti niin että oli tukehtua. Koira mätki tassullaan vanhan rouvan kilpeä, ja lopulta henki saatiin taas kulkemaan normaalisti.

- Kyllä se vain on Meritursas, vastasi Karhu ensin vakavana, mutta ei sitten saanut pidätellyksi hirvittävää naurunrömähdystä, joka purkautui sen kurkusta.

- Täytyy toivoa, että mitä hirveämpi nimi, sen parempi laiva, sanoi Vuohi vetäen karvaista suutaan hillittyyn virneeseen.

- Onpa tosiaan nimen antajalla välähtänyt, päivitteli Koira. Sen vieressä istuvat Fatima ja Pattijalka hirnuivat läkähtyäkseen. Kalkkunakin nauroi niin, että lopulta sen kotkotus päättyi katkeilevaan nikotukseen.

- Minä olen ollut siinä luulossa, että laivalle annetaan naisen nimi, nauroi Simpanssi ja pyyhki kyyneleitä silmistään. - Vaikka Annabella tai Kristiina tai Sonja. Mutta että Meritursas? Simpanssi alkoi hihittää uudestaan hillittömästi.

EVAKKORETKEN ALKU

Sitten koitti päivä, jolloin Strutsi, Karhu, eläinvanhukset ja rottapojat aloittivat matkansa kohti toistaiseksi tuntematonta määränpäätä. Karhun tilaamalla bussilla hurautettiin meren rannalle satamaan, jossa rahtilaiva Meritursas kellui odottamassa. Matkalaiset nousivat bussista. Kepa Helttanen pyyhkäisi kyyneleen, joka vierähti sen kurttuiselle poskelle. Kalkkuna muisti, miten oli joskus kauan sitten joutunut lähtemään evakkoon rakkaasta Karjalastaan. Silloin ei kukaan ollut tiennyt, mihin tuleva matka veisi. Niin kuin ei nytkään. Onneksi Kalkkuna oli rakkaiden ystävien ympäröimänä.

- Taitaa tuntua surulliselta jättää vanhainkoti? Kalkkuna kuuli äänen vieressään. Vuohi silmäili Kalkkunaa myötätuntoisesti.

- Nii, kylhä se o vaikeeta kotoasa lähtee, vastasi Kalkkuna. - Mie just täs aatteli, et on se luojan lykky et miul on tääl ystävii mukanai. Muute ois kyl ahistavvaa. Mut elä sie huoli Pate, kyl mie täst reipastu koha meril päästää. Se vaa täs kalvaa et jos mie en vaik pääsekkää takasi. Katoha ko mie oon jo kerra joutunt kotin jättämää, nii mie kaipajan pysyvyyttä. Kalkkuna purskahti itkuun.

- Kyllä tämä tästä, Kerttu, iloksi muuttuu. Sitä paitsi seilaaminen on väliaikaista. Vanhainkodin peruskorjaus kestää oman aikansa ja sitten menemme takaisin kotiin. Ties mitä kaikkea hauskaa matkalla tapahtuu. On sitten, mitä yhdessä muistella, lohdutti Vuohi.

- Kyl sie Pate ossaat ain sanas valita, iha tul suu hyvä makuseks ko sai siu kanssais haastella, alkoi Kalkkuna jo hymyillä. - Ilo pintaa, vaik syvän märkänis, sano jo isoäitikii aikoinaa. Nyt myö lähetää tutustummaa meiä uutee kortteerii, se sanoi ja alkoi hoputtamaan Karhu-herraa tavaroiden jaossa.

Muutkin eläinvanhukset olivat tulleet bussista laiturille, kuka minkäkinlainen nyssäkkä mukanaan. Siinä ne seisoivat, elämää nähneet otukset. Vuohi, Koira, Kalkkuna, Kilpikonna ja Simpanssi. Vähän nuorempaa polvea edustivat Strutsi ja Karhu. Ja nuorinta sukupolvea edusti kuusi rottapoikaa, nuo vanhainkodin reippaat kokit. Kaikki katselivat rahtilaivaa, jonka nimi oli Meritursas. Tämä oli siis uusi koti. Strutsi oli huolissaan vanhusten mielentilasta ja suhtautumisesta, mutta kun hetken päästä tuttu mekastus alkoi, se saattoi huokaista helpotuksesta. Hälinä tiesi melkein aina hyvää.

16

Rotat rynnistivät nuoruuden innolla laivaan välittämättä tällä kertaa noudattaa kohteliaisuussääntöä "vanhukset ensin". Ne olivat liian tohkeissaan. Strutsi oli jo aukaissut nokkansa sanoakseen rotille jotain, mutta nipisti sen sitten kiinni, sillä rottapojat olivat jo kaukana.

- Voisit muuten ottaa vähän rennommin, sanoi silloin ääni Strutsille.

- Minäkö, kysyi Strutsi ihmeissään silmät lautasina ja katseli ympärilleen.

- Sinä sinä, vastasi ääni. - Katso nyt, rotat ja vanhukset ottavat rennosti ja niillä on hauskempaa kuin sinulla.

- Heidän ei tarvitsekaan huolehtia mistään, minulla on paljon velvollisuuksia, vastasi Strutsi närkästyneenä. Mistä ääni mitään tiesi.

- Ei sinunkaan tarvitsisi huolehtia niin paljon. Opettele delegoimaan, ääni sanoi. - Kaikki kannattaa delegoida minkä pystyy. Sinulla on niin luisut hartiat, ettei niille kannata kerätä turhaa lastia, ääni jatkoi.

- Ole sinä hiljaa, äläkä puutu minun asioihini, sanoi Strutsi vihaisesti. - Et sinä mitään ymmärrä.

- Totta kai ymmärrän, minähän olen sinä. Et ole aina kiireiltäsi huomannut, kun olen yrittänyt jutella kanssasi. Olen ennenkin puhunut tuosta delegoinnista, mutta ei. Sinun vain täytyy hoitaa kaikki asiat ihan itse.

- Ole nyt hiljaa, kivahti Strutsi ja työnsi päätään siipensä alle ollakseen kuulematta.

- Ei piiloutuminen auta, kuulet minut kuitenkin, tavalla tai toisella. Muistatkos, kun kerran katkaisit koipesi? Minä järjestin sen, kun et muuten ymmärtänyt levätä. Sitten oli pakko. Ja huomasit varmaan silloin, ettei maailma pysähtynytkään. Eivätkä asiat jääneet hoitamatta.

- Johan nyt on kumma, että minun täytyy kuunnella tuollaista po-taskaa. En kyllä jää kuuntelemaan, sanoi Strutsi vihaisena ja kääntyi kannoillaan. Raivon kyyneleet kiilsivät sen silmissä.

- Kuulehan tyttöseni, onko kaikki hyvin? Näytät vähän oudolta, sa-noi silloin Karhu, joka oli juuri tullut puolisonsa luo.

- E-ei tässä mitään, kaikki on hyvin. Tuo ääni vain…, Strutsin puhe oheni kuiskaukseksi.

- Mikä ääni, kysyi Karhu ymmällään ympärilleen katsellen. - En minä kuule enkä näe mitään.

- Kaikki on hyvin. Mennään nyt järjestelemään asiat laivalla. Jotain purtavaakin pitäisi laittaa ja hytit valmistaa ja …

- Ota ihan rauhallisesti, tipuseni, kaikki hoidetaan. Eihän tässä ole mihinkään kiire, sanoi Karhu ystävällisesti hymyillen vaimolleen.

- Älä sinäkin siinä aloita! Vai luuletko sinäkin, etten osaa olla stressaamatta? tiuskaisi Strutsi ja lähti kiukusta kihisten harppomaan pitkillä koivillaan laskusiltaa pitkin laivaan. Karhu jäi perin hölmistyneenä tuijottamaan puolisonsa perään.

Eläinvanhukset jakoivat hytit keskenään ja kotiutuivat. Ankkurit nostettiin, Simpanssi löi kapteeninlakin päähänsä, ja matka kohti Ruotsia ja sen pääkaupunkia Tukholmaa alkoi. Vanhuksilla olisi runsaasti aikaa tutustua laivaan. Nyt ne istuskelivat kannella ja ihastelivat maisemia rupatellessaan.

- Miul on iha A-luoka hytti, nii on hienoo. Ikkunakkii on, mist katella, kehui Kalkkuna ihastuksissaan. - Ko ei vaa kovast keinuttas. Miu pittääkii pyytää Strutsilt paperpussi valmiiks, se jatkoi. - Se o henge mennoo, jos vanha elläin oksetustautii kuivuu. Kalkkuna lähti tomerasti keittiön suuntaan.

- Tuo samalla vähän useampi, huuteli Koira perään.

- Välillä minullekin maailmanmatkailuni alkuvuosina tuli paha olo laivalla, mutta kaikkeen tottui, virnisteli Simpanssi. Se vajosi muistelemaan mahtavia sirkuskiertueita, joissa se oli ollut tähtenä. Se kuuli vieläkin mielessään korviahuumaavat aplodit ja huokaisi syvään. Simpanssi oli vanhetessaan ryhtynyt ravintoloitsijaksi, ei tarvinnut enää kehäraakkina sirkuksessa esiintyä. Nuorten touhua temppuilu enemmänkin oli. Kaikenlaista oli ravintola-alalla tullut nähdyksi, joskus oikein kuuluisuuksiakin. Samanlaisia ne loppujen lopuksi olivat kuin muutkin kuolevaiset, jotkut vähän onnettomampia vain.

- Mekin saatoimme olla pitkään vesillä tsaarin laivaston kanssa, sanoi Vuohi. Sekin vaipui hetkeksi muistoihinsa, joissa se nuorena muusikkovuohena soitti huilua tsaarin laivasto-orkesterissa. Välillä oli ollut sota-aikojakin, mutta silti elämä oli jollakin lailla ollut selkeämpää kuin nykyisin, se ajatteli ja siirtyi mietteissään nykyhetkeen. Kaipa jokaisella ajanjaksolla oli hyvät ja huonot puolensa. Nykyään teknologia oli huipussaan monilla eri alueilla, mutta mahtoiko ihminen silti olla valmis kaikkeen siihen minkä sai kehitetyksi? Jäikö henkinen puoli ontumaan? Vuohi jatkoi pohdintojaan. Ennen oli eläimillä pääsääntöisesti paremmat oltavat ihmisen hoivissa, ainakin kanoilla, lehmillä ja sioilla. Ne saivat tepastella vapaana ja lihoa itselleen sopivaa tahtia. Nyt ne ahdettiin väkisin liian täyteen ruokaa sekä liian pieniin tiloihin eikä yksityisyydestä ollut tietoakaan. Vuohi värähti vastenmielisyydestä. Mutta jos ihminen halusi muka omaksi parhaakseen tehdä kaikenlaisia säädöksiä ja lakeja, jotka tällaisiin toimiin pakottivat, niin minkäpä yksi vanha vuohi sille voi.

- Mitä poika pohtii niin synkän näköisenä? kärisevä ääni kysyi. Kilpikonna oli laahustanut hiljaa Vuohen viereen.

- Maailman menoa ja ihmisen toilailua tässä mietin, vastasi Vuohi hymyillen vanhalle rouvalle. - Ovatko ihmiset tulleet hullummiksi vai tuntuuko minusta vain siltä?

- Ihmiset ovat olleet hulluja niin kauan kuin minä jaksan muistaa, tai siis silloin kun muistan, käkätti Kilpikonna. - Älä suotta liikaa pohdi. Mennään päivä kerrallaan niin kauan kuin jaksetaan, hymyili hampaaton Kilpikonna. - Pää tulee vain kipeäksi liiasta ajattelemisesta. Onneksi minun muistini pyyhkii armollisesti kaiken turhan päästä pois. Saattaa siinä tietysti samalla mennä jotain tärkeääkin, hihitteli Kilpikonna.

- Mie oon sammaa mieltä, antaa hevose surra, ko sil on isompi pää, kotkotti keskusteluun lyöttäytynyt Kalkkuna. - Vaik emmie oo Pattijalankaa nähny sureva ko kerra. Se ol sillo, ko hää Fatima perrää haikail. Muistatteks työ?

- Muistetaan, muistetaan, myöntelivät vanhukset yhteen ääneen.

Oli illallisen aika. Strutsi huuteli iloisena vanhuksia syömään. Rotat olivat kattaneet maittavan aterian laivan vanhanaikaiseen ruokasaliin. Karhu silmäili varovasti puolisoaan, mutta Strutsi näytti lempeältä ja normaalilta niin kuin yleensäkin. Rotat olivat asettaneet jokaisen eteen tervetuliaismaljan. Karhu rykäisi ja alkoi puhua.

- Hyvät ystävät, elämämme on seikkailuja täynnä ja olkoon tämä tuleva matka yksi niistä. Toivotan teidät tervetulleiksi Meritursaaseen, nykyiseen kotiimme. Ja ennen kaikkea toivotan turvallista merimatkaa! Karhu nosti maljan, johon muut eläimet vastasivat nostamalla omansa.

- Rakkaat ystävät, sanoi Strutsi liikuttuneena, tämä on ensimmäinen illallisemme tällä laivalla. Kukaan ei vielä tiedä, kuinka monta illallista näissä olosuhteissa nautimme. Olen kiitollinen puolisolleni siitä, että saamme asua yhdessä tällä laivalla. Ja nyt, hyvää ruokahalua!

- Hyvää ruokahalua! toivottelivat vanhukset soraäänisesti maljojaan kohotellen. Kaikilla oli hilpeä ja odottava olo. Hilpeys saattoi osittain johtua Strutsin afrikkalaisen esiäidin salaisen reseptin mukaan tehdystä boolista. Boolia tarjottiin silloin tällöin tärkeissä tilaisuuksissa ja nyt oli sellainen.

Seuraavana aamuna, hyvin nukutun yön ja tukevan aamupalan jälkeen, Vuohi pani kapteeninlakin päähänsä ja astui ruoriin. Koska kaikki olivat opiskelleet merenkulkua, niin jokainen sai ohjata vuorollaan vointinsa ja kykyjensä mukaan.

Vuohen seurana oleva Simpanssi puhua pälpätti reissuistaan maailman ympäri. Tukholmassa se ei kuitenkaan ollut käynyt. Kööpenhaminan Tivolissa Simpanssi sitä vastoin oli esiintynyt lukemattomia kertoja. Kööpenhaminassa oli mukava atmosfääri ja rentoja, iloisia ihmisiä, ja eläimet olivat samaa maata. Ihmeellistä kaupungissa oli pol-kupyöräilijöiden suuri määrä. Niitä tuntui viuhahtelevan ohi jatkuvasti suurissa parvissa, kuitenkin hyvässä järjestyksessä. Ja tietenkin Köö-penhaminassa kuului mennä myös pitkälle kävelykadulle, Strögetille, joka pursusi pieniä putiikkeja ja ravintoloita. Kun Simpanssi ei saanut puheisiinsa vastausta, se kääntyi katsomaan, mikä oli saanut Vuohen niin hiljaiseksi.

- Kuunteletko sinä ollenkaan? Simpanssi tiedusteli katsoen Vuoheen kysyvästi.

- Suo anteeksi, olin ajatuksissani, pahoitteli Vuohi. - Tuli vain mielee-ni, että aivan Tukholman liepeillä on kartano, johon poikani meni työ-hön vuosia sitten. Kartano on aivan meren rannalla, joten siellä olisi helppo pistäytyä. Ei tietenkään näin isolla laivalla, mutta pelastusve-neellä. En tiedä, onko poikani edes elossa, mutta... Vuohen ääni hilje-ni ja häipyi pois.

- Mehän voimme käymme katsomassa! innostui Simpanssi. - Men-nään oikein porukalla!

- Kiitos, ystäväni, sanoi Vuohi liikuttuneena. - Kerrohan uudestaan siitä Kööpenhaminasta, en ollut äsken oikein tarkkana, se jatkoi sit-ten reippaasti.

Eläinvanhukset innostuivat tavattomasti ajatuksesta käydä aidossa ruotsalaiskartanossa. Vuohi oli elämänsä aikana nähnyt komeita pa-latseja ja rakennuksia, niissä ei ollut sille mitään uutta. Sillä oli mieles-sään paljon tärkeämpi asia. Vuohi tuskin kuuli, kun sen vanhusystävät kiekuivat ja kailottivat tohkeissaan tulevasta tapahtumasta. Välillä sen tajuntaan tunki hajanaisia lauseita.

- Täytyy sitten rantautua varovasti, ettei kartanon väki säikähdä ja soita poliisia paikalle.

- Onko Vuohen poika todellakin niin hienossa paikassa työssä?

22

- Miltähän sellainen kartano oikein näyttää?

- Mitä jos myö vaik eksytää nii isoil tiluksil?

- Jos joku pamauttaa vaikka haulikolla vieraita eläimiä nähdessään?

- Elä sie hulluja haastele, myöhä ollaa vaarattomii, kuka meiät haluais pois päiviltä?

Illansuussa rottapojat tulivat päästämään Vuohen ja Simpanssin nukkumaan. Meritursas seilasi tasaisesti kohti Tukholmaa. Perillä oltaisiin aikaisin aamulla. Ensin käytäisiin kartanossa ja sitten jatkettaisiin matkaa Ruotsin pääkaupunkiin. Vanhukset nukkuivat yönsä sikeästi raittiin meri-ilman väsyttäminä. Yksi kuitenkin valvoi ja ajatteli jännittyneenä seuraavaa päivää. Lopulta uni korjasi armeliaasti Vuohenkin huomaansa.

LUKU 2

KOHTAAMINEN KARTANOSSA

Aamu sarasti. Simpanssi oli noussut aikaisin tarkistamaan kurssin ja tutkimaan merikarttaa. Todettuaan kaiken olevan kunnossa se saattoi olla tyytyväinen, että ensimmäiseen etappiin oli päästy näin komeasti. Simpanssi lähti herättelemään ystäviään. Rottakokit olivat jo keittiöaskareissaan. Ei ne nuoret näköjään paljon unta tarvitse, mietti Simpanssi. Ja kun tulee tarpeeksi vanhaksi, niin ei tarvitse sittenkään, se hihitteli mennessään kohti hyttejä. Vuohi tuli sitä käytävällä vastaan.

- No mutta, etkö sinä ole ollenkaan nukkunut? ihmetteli Simpanssi Vuohen punaisia silmiä ja väsynyttä olemusta. - Olin juuri tulossa herättelemään kaikkia. Maata näkyvissä, se virnisti.

- Valvoin hieman, myönsi Vuohi hämillisenä. - Tämä kaikki on niin jännittävää.

- Niin varmasti, sanoi Simpanssi myötätuntoisesti. - Itseänikin jännittäisi sinun sijassasi. Minä käyn nyt huhuilemassa muut hereille, mennään sitten aamiaiselle.

- Taidan käydä kannella haukkaamassa happea, vastasi Vuohi. Se tunsi olonsa nuutuneeksi, ehkä raitis meri-ilma virkistäisi. - Nähdään myöhemmin, se sanoi.

- Selvä homma, sanoi Simpanssi ja jatkoi matkaansa.

Vuohi kopsutteli kannelle ja jäi katsomaan kaunista maisemaa. Oltiin niin lähellä rantaa kuin se rahtilaivalla oli mahdollista. Meri välkehti, purjeveneitä seilasi merenlahdella ja kauempana nousivat jyrkät kalliot uljaan näköisinä kohti korkeuksia. Kallioiden vieressä oli tummanvihreää metsää. Jossakin täällä, aivan lähellä, oli hänen poikansa. Jos oli. Vuohi tunsi kurkkuaan kuristavan ja rykäisi. Silmiäkin kirveli. Lopulta Vuohi antoi periksi ja pärskähti haikeaan itkuun. Se nyyhkytti laivan kaidetta vasten niin että vanhat laihat olkapäät tutisivat. Samassa se tunsi lämpimän tassun hartioillaan.

- Täällähän sinä olet, kuomaseni, sanoi Koira ystävällisesti. - Simpanssi kertoi sinun tulleen kannelle. Sinua taitaa jännittää aika tavalla? Jos haluat olla rauhassa, niin voin tulla myöhemmin.

- Ei tässä mitään. Tunnekuohu sai vain vallan, kun ajattelin lastani. Kaksihan niitä oli alunperin, mutta toinen joutui suden suuhun jo pienenä. Ja jos tämä toinenkin...

- Kohta se selviää, ystäväiseni, sanoi Koira edelleen tassu ystävänsä harteilla. - Jaksaisitko lähteä ruokasaliin vai söisimmekö aamiaisen oikein komeasti kannella?

- Niin, voisihan aamupalan nauttia täälläkin, vastasi Vuohi kiitollisena ystävänsä hienotunteisuudesta. Se ehtisi koota itsensä ennen maihinnousua.

- Odottele siinä, minulta ei kauan tuhraannu tähän hommaan, Koira virnisti ja luikahti hakemaan aamiaista.

Ruokasalissa oli kerrassaan mahtava tunnelma, kun eläinvanhukset odottivat innoissaan ensimmäistä maihinnousua. Ruokailu oli vielä saatu menemään jotenkin sivistyneesti, mutta sen jälkeen Karhu-herran piti kerran karjaista kunnolla, jotta sai äänensä kuuluviin. Hiljaisuus laskeutui salonkiin.

- Anteeksi karjuminen, hyvät ystävät, nauroi Karhu. - Nyt meidän täytyy kuitenkin laskea, kuinka monta pelastusvenettä otamme käyttöön. Haluavatko kaikki lähteä rantaan?

- Halutaan, halutaan, huutelivat eläinvanhukset. Meteli alkoi taas yltyä.

- Hyvä on sitten, pisti Karhu äkkiä väliin ennen kuin tilanne karkaisi hallinnasta. - Jakaudumme kahteen veneeseen. Minä menen toiseen Kepan, rouva Kilpikonnan, Koiran ja kolmen rotan kanssa, ja toiseen veneeseen menevät Strutsi, Simpanssi, Vuohi ja loput rotat. Luultavasti paino jakautuu näin aika tasaisesti, vai mitä?

Niin tehtiin. Veneet irrotettiin ja laskettiin veteen, ja vanhukset järjestäytyivät niihin enemmän ja vähemmän notkeasti. Eläimet ihastelivat lahdenpoukamaa, rannalla kohosi hieno kartano komeana ja jyhkeänä. Rantaan oli rakennettu joskus kauan sitten kivinen laituri, jota vartioivat rautaiset sotilaat. Pimeinä öinä kauniit takorautaiset lyhdyt valaisivat laituria, jota nyt lähestyi oudon näköinen retkikunta.

Saavuttuaan rantaan eläinvanhukset purkautuivat veneistä yllättävän hyvässä järjestyksessä. Kiinnitettyään pelastusveneensä laituriin eläimet pysähtyivät katsomaan ympärilleen. Edessä seisoi kartano ja sen vierellä molemmin puolin olivat siipirakennukset. Kartanon edustalla oli hiekkapiha ja puutarhakalusteita. Vanhukset aprikoivat, pitäisikö kiertää kartano enemmän nähdäkseen, sillä etupuolella ei ollut muuta. Samassa ne kuulivat rantaruohikosta pienen äänen.

- Men herregud, enpä ole ennen teidän kaltaisianne otuksia nähnyt, sanoi äänen haltija. Vanhukset näkivät pienen, mustan, kirkassilmäisen kanineidon istumassa ruohikolla. - Tai olen siis joitakin nähnyt, niin kuin sinut, sinut ja sinut, sanoi Kani osoittaen Vuohta, Koiraa ja Kalkkunaa. - Ja teikäläiset tiedän myös, se lisäsi huomatessaan rotat. Ai niin, minä olen Kanin Klartöga ja asun täällä.

- Palveluksessanne, neiti, sanoivat rotat ja kumarsivat täsmälleen yhtä aikaa. Kani päästi ihastuneen kikatuksen.

- Ojdå, tehän hauskoja olette, mutta mitä te täällä teette? se kysyi silmäillen eläinjoukkoa uteliaasti.

- Päivää, neiti Klartöga. Ajatus tulla käymään täällä kartanossa oli minun, selitti Vuohi. - Olen Pate von Mäkätin ja etsin poikaani. Onkohan tässä kartanossa mahdollisesti vuohiyhdyskuntaa? se kysyi varovasti.

- Onhan täällä ja iso onkin, vastasi Kani reippaasti. - Vuohet majailevat tuolla kartanon toisessa päädyssä olevalla alueella, voin lähteä näyttämään tietä teille.

- Se olisi hyvin ystävällistä, kumarsi Vuohi arvokkaasti Kanille.

- Mennään sitten, sanoi Kani iloisesti ja pompahti loikkimaan edeltä.

- Mennään me muut perässä, kuiskasi Strutsi hiljaa.

Vuohi kulki Kanin perässä ja sen sydän jyskytti jännityksestä. Melko yllättäen päärakennuksen sivulla avautui pieni niityn tapainen, jolla monta vuohta märehti tyytyväisen näköisenä. Vuohi tihrusti vanhoilla silmillään katrasta. Sitten sen silmät erottivat joukosta muita isomman, komean, parrastaan jo hieman harmaantuneen vuohen. Voisiko tuo olla...? Samassa komea vuohikin huomasi vanhan tulijan. Hetken se tuijotti hämmästyneenä, sitten ilo näytti täyttävän sen koko olemuksen ja kasvattavan sen vieläkin rotevammaksi.

- Isä! Sinä! huudahti vuohi ja säntäsi vanhuksen luo. - Se olet todellakin sinä! Ja täällä! Miten se on mahdollista? Olen luullut, etten enää ikinä näkisi sinua!

- Alfred! Rakas poikani! Voi tätä ilon ja riemun päivää! Vielä sain nähdä sinut ennen kuolemaani! Vanhan Vuohen silmistä valuivat kyyneleet valtoimenaan ja lopulta nuoremmankin. Ne painautuivat toisiaan vasten ja antoivat vuosien ikävän virrata tunteiden tulvaan.

- Kuinka kummassa sinä tänne tulit? kysyi nuorempi vuohi toivuttuaan suurimmasta tunnemyllerryksestään.

- Se on pitkä tarina ja kerronkin sen sinulle, mutta nyt, tule tervehtimään ystäviäni! hymyili Vuohi kyyneleitään pyyhkien ja viittasi retkikuntaansa, joka lähestyi hiljalleen. Kanineito Klartöga istui nurmikolla ja katseli pää kallellaan tapahtumia.

KARTANOELÄMÄÄ

Esittelyjen ja kohteliaisuuksien jälkeen Alfred-vuohi ehdotti, että vanhukset tutustuisivat ympäristöön hänen johdollaan. Kartanon isäntäväki oli lomalla jossakin Rivieralla, joten eläimet voisivat vapaasti oleskella kartanon mailla. Alfred halusi pitää isälleen illalla juhlat jälleennäkemisen kunniaksi. Mutta ensin kierrettäisiin kartanon puutarha.

Vuohien niityn vierestä oli kulku mahtavalle lehmuskujalle, joka kiersi koko kartanon valtavan puutarhan. Lehmuskuja oli kuin jätti-

27

mäinen puiden oksien muodostama ilmava tunneli. Aurinko siivilöityi kauniisti lehtien lomitse ja näytti aivan siltä kuin kultarahoja olisi pudonnut maahan.

- Kyl sie Alfred vissii oot tyytyväine elämääs, ko näi hienoo paikkaa oot päässy, huokaili Kalkkuna ihastuksissaan. - Miekii voisi viihtyy tääl. Ei teil tarvittas hyvvää kalkkunaa pihamaalle kotkottammaa?

- Luulenpa, että kalkkunat pannaan tässä kartanossa jouluna pataan ja syödään, sanoi Alfred vakavana, mutta iski salaa silmää muille eläinvanhuksille, jotka nyökkäilivät totisina.

- Näin on, ne hymisivät tietäväisinä.

- Emmie taia tulla, jos ei miul muullaist tulevaisuut oo tääl tarjol. Ois vaa ollu nii kommeeta tääl kartano pihal patsastella. Mut jos mie oikei tove sano, nii emmie ystäviäin jättäs.

Kartanon puiston keskellä oli suihkulähde sekä nurmikentällä kauniita marmoripatsaita. Puiston perällä oli yrttitarha ja puutarhurin mökki seisoi pienen lammen rannalla. Lammen pinnalla kellui kauniita vaaleanpunaisia lumpeita, ja lammen takana kohosi paviljonki.

- Tässä paviljongissa pidämme illalla juhlat. Saanhan pyytää mukaan oman vuohi- ja kaniyhdyskuntani? Olen puhunut heille paljon maineikkaasta huilisti-isästäni, ja he palavat halusta nähdä vuohen, joka on nähnyt Venäjän tsaarin, virnisti Alfred hyväntuulisesti isälleen.

- Minun puolestani kaikki saavat juhlia, sanoi Vuohi yhtä hyväntuulisesti. Eläinvanhuksia liikutti, sillä nuo kaksi kävelivät koko ajan kylki kyljessä.

- Mehän voisimme pitää nyyttikestit! lirkutteli Strutsi innoissaan. - Me haemme Simpanssin ja rottien kanssa laivalta syötävää ja minun salaisella reseptillä tehtyä booliani. Ja talo tarjoaa loput, eikö vain?

- Kyllä vain, vuohiyhdyskuntamme erikoisuus on hollantilainen vuohenjuusto, ihastutte siihen varmasti. Käyn vuosittain Hollannissa vuohenjuustokonferenssissa. Kohta onkin taas aika täydentää varastoa.

- Sittenhän voit lähteä meidän mukaamme, kun jatkamme matkaa, sanoi silloin kärisevä ääni. Kaikki kääntyivät katsomaan Kilpikonnaa. - Eikö me sinnepäin olla menossa?

- Tuoha olkii hyvä ajatus! Ei uskos et siul viel noi hyvi leikkaa! kaakatti Kalkkuna. Sitten se yritti paikata kömmähdyksensä. - Nii, mie tietenki tarkotan et tottakai siul leikkaa, mut et noi hyvi, nii sitä mie ihmettele!

- Tuo selitys ei tainnut parantaa asiaa, suhahti Koira Simpanssille, joka hihitteli hiljaa kouraansa.

- Voi olla että olen vanha horisko ja muisti reistaa. Ikää saattaa olla enemmän kuin teillä muilla yhteensä, joten antaapa muistin vain pätkiä rauhassa. Mutta kuule Kepa, minun vähäinen muistini leikkaa paremmin kuin sinun ikinä on leikannutkaan, Kilpikonna ärähti.

- Minulla on ehdotus, mörähti silloin Karhu. Sen mielestä oli parempi panna riidanpoikanen poikki. - Meinaan vaan, että voitaisiin ottaa The New Animalsin soittimet mukaan samalla kun haetaan ruokatäydennystä.

- Hienoa, mahtavaa! Päästään soittamaan! huutelivat vanhukset innoissaan.

Kun ruoat ja soittimet oli haettu Meritursaasta, alettiin joukolla valmistella illan juhlaa. Soittovälineet kannettiin paviljonkiin ja noutopöytä katettiin. Näistä juhlista ei kukaan poistuisi nälkäisenä eikä janoisena. Strutsi teki booliaan ja oli mielessään helpottunut, ettei Hevonen tällä kertaa ollut mukana juhlimassa. Pattijalassa nimittäin riitti vahtimista, kun se pääsi boolikulhon ääreen. Mukava heppu Hevonen kaikin puolin oli, mutta liikaa boolia maisteltuaan siitä tuli vaarallisen riehakas. Se tahtoi huomaamattaan tanssia pienemmät kumoon boolipäissään. Strutsi muisteli, kuinka oli monet kerrat joutunut soit-

tamaan Karhun paikalle tilannetta rauhoittamaan. Näissä juhlissa us-
kaltaisivat pienetkin eläimet tanssia ilman pelkoa siitä, että suuriko-
koinen Hevonen talloisi ne vahingossa kavioihinsa.

Illan tultua kaikki oli valmista. Paviljonki oli koristeltu koivunoksin ja
kukkasin ja lammen rannalle oli levitelty huopia, joilla olisi mukava is-
tuskella ja lepäillä. Soittajille oli varattu nurkkaus paviljongista. Sim-
panssi lupasi olla rumpalina, koska Pattijalka ei ollut paikalla. Hevo-
nen oli jalomielisesti antanut rumpunsa mukaan laivaan, mitäpä se
niitä yksin kotona hakkaamaan.

Voi sitä herkkujen määrää, joka oli lastattu tarjolle. Pöytä kirjaimel-
lisesti notkui ruoasta ja juomasta. Kanit olivat tuoneet kilokaupalla
porkkanoita, oravat pähkinöitä, vuohet vuohenjuustoa ja kartanon
puutarhasta poimittua salaattia, rotat olivat vielä löytäneet lähimet-
sästä marjoja, joista ne tekivät ihanan jälkiruoan. Jopa jättimäinen
kinkku komeili keskellä pöytää, johon se oli löytänyt tiensä isäntävä-
en kellarista. Koira Tasakäpälän suupielistä roiskahti sylki kun se sil-
mät kiiluen nuolaisi huuliaan. Rottapojatkin silmäilivät hyväksyvästi
valtavaa lihapalaa. Kyllä nyt kelpasi. Ja kartanon kanat olivat anteli-
aasti lahjoittaneet kekkereihin munia ja jyviä.

Ilta oli pitkä ja lämmin. Eläimet kuulivat paljon tarinoita kartanon
elämästä ja kertoivat itse omista vaiheistaan ja vanhainkodista. Välil-
lä tanssia rytkyteltiin musiikin tahdissa hien valuessa pitkin karvoja ja
sulkia. Ruokaa ja boolia kului runsaasti eikä kinkusta jäänyt edes luu-
ta tähteeksi. Juhlat kestivät aamuyöhön saakka. Vasta sitten, kun lä-
hestulkoon kaikki elämäntarinat oli kuultu, ruoat syöty, boolit juotu ja
tanssit tanssittu, eläimet vajosivat voipuneina huoville lammen ran-
nalle ja nukahtivat. Ainoastaan Vuohi ja hänen poikansa Alfred vielä
muistelivat menneitä ja nauttivat toistensa läsnäolosta.

OUTO LÖYTÖ

Kartanossa vietettyjen päivien jälkeen tuli aika lähteä Tukholmaan. Alfred-vuohi päätti lähteä mukaan, sillä näin tehdessään se saisi olla vielä yhdessä isänsä kanssa. Matka kartanosta Tukholmaan oli lyhyt, ja Meritursas luovittiin onnistuneesti isojen laivojen satamaan. Kaupunki oli kesäisen vilkas ja turistiryhmiä liikkui runsaasti sinne tänne. Ison kaupungin nähtävyyksissä riitti hämmästelemistä. Oli kuninkaanlinnaa, Skanseniä, Dramaten-teatteria, Nykytaiteen museota, vanhaa kaupunkia ja paljon, paljon muuta. Palatessaan illalla laivaan eläimet olivat aivan uupuneita.

- Ai hyvä ihme, ko mie oon väsyny, voivotteli Kalkkuna. - Jalatkii on nii turvoksis et oikee pahhaa tekkee. Ei tällane suurkaupunkielämä oo minnuu varte. Täälhä saa rampata kinttusa kippeiks eikä sittekä kerkiä kaikkea näkemää. Henki miust täl pelil lähtee.

- Se on totta, hymyili Alfred. - Minä kyllä pidän suurkaupungeista, joskin sorkat ovat asvaltilla koetuksella.

- Täytyy myöntää, että tassut ovat hellinä, ähisi Koirakin. - Mitä jos huomenna tutustuttaisiin vain Gröna Lundin huvipuistoon eikä muuta?

- Sopii minulle, mörähti Karhu. Vaikka se oli suuri ja vahva, niin senkin voimille oli päivän talsiminen käynyt. Se oli ottanut tehtäväkseen kanniskella Kilpikonnaa selkärepussa, koska vanha rouva oli alkanut käydä entistä hitaammaksi.

- Näin tehdään! huutelivat eläinvanhukset yksimielisinä siitä, että suurkaupunkielämä oli liian raajoja kuluttavaa puuhaa.

Illallinen maistui erinomaiselta. Ruokailun jälkeen, kun vatsat olivat halkeamaisillaan ja Strutsi jo keräili astioita, kuului korvia vihlova kimakka kiljaisu. Se oli niin hirveä, että vanhuksilta oli veri hyytyä suoniin. Samassa yksi rotista juoksi pää kolmantena jalkana ja silmät kauhusta laajentuneina Strutsin siiven alle piiloon. Rotta tärisi holtittomasti.

- Mikäs sinulle tuli? Oletko nähneet aaveen? Strutsi kysyi hämmäs-
tyneenä. - Koeta nyt saada sanotuksi, se jatkoi, kun rotta ei saanut sa-
naa suustaan. - Mikä on?

- E-en ti-tiedä mi-mi-kä se o-oli! yritti rotta puhua. Puhuminen tuot-
ti vaikeuksia, koska sen hampaat kalisivat kauhusta.

- No sano nyt edes missä, niin käymme katsomassa, rohkaisi Karhu.
- Ruumassako?

- Niin, si-siellä, änkytti rotta.

- Rauhoituhan nyt, minä käyn katsomassa, sanoi Karhu. - Missä siellä?

- Ru-ru-ruoka-ko-ko-ko-merossa, selitti rotta vapisten.

- Mie lähe Karhu mukkaa, jos vaik terävää nokkaa tarvitaa, sanoi
Kalkkuna tomerasti.

- Minäkin lähden, sanoi Koira avuliaasti.

- Minä lähden myös, sanoi Vuohikin.

- Jospa sinä, isä, menisit Simpanssin kanssa laivan ohjaamoon, niin
minä menen, sanoi Alfred.

- No, olkoon menneeksi, vastasi Vuohi. Tämän kerran, se jatkoi hiljaa
mielessään.

Ja niin tarkastuspartio lähti kohti ruumaa ja ruokakomeroa. Kome-
ron ovi oli jäänyt rotalta auki sen rynnistettyä hätäpäissään karkuun.
Karhu työnsi päänsä komeron sisään, mutta siellä oli liian pimeää. Jo-
takin kiiltävää siellä kuitenkin oli. Karhu työnsi tassunsa komeron pe-
rille ja hamuili ja koetteli seiniä myöten. Yhtäkkiä alkoi kuulua kum-
maa sähinää. Karhu ujutti tassunsa sähinän alkulähteille ja nappasi
kiinni. Se, jonka Karhu tassussaan retuutti komerosta ulos, oli hyvin
vastahankainen tälle toimenpiteelle. Hetkeen eläimet eivät havain-

neet muuta kuin mustan karvaisen mytyn, joka sihisi ja sähisi ja sätkytteli villisti. Sitten mytty alkoi vähitellen rauhoittua, kun se näki ympärillään eläimiä.

- Tämähän on kissa! huudahti Karhu. - Oletko sinä ollut täällä koko ajan? se kysyi kissalta ja päästi sen irti. Kissa pudottautui ketterästi lattialle.

- Tietenkin olen, minä olen tämän laivan laivakissa, kissa vastasi ylhäisellä äänellä ja ravisteli turkkiaan. - Mutta keitä TE olette ja mitä te teette MINUN laivassani? se kysyi katsellen jokaista erikseen nenänvarttaan pitkin.

- Minä olen tämän laivan nykyinen omistaja, vastasi Karhu hieman huvittuneena kissan elkeistä. - Perin laivan velivainajaltani.

- Vai oli edellinen omistaja veljesi. Mukava heppu. Koska hän oli veljesi, niin oikeuteni asua tässä laivassa on kai edelleenkin voimassa? kissa uteli sanojaan venytellen.

- Asu minun puolestani, naurahti Karhu. Sitä huvitti pienen eläimen itsetietoisuus. - Sitä paitsi olemme merellä, ei kai sinua voi veteenkään heittää, se jatkoi hymyillen.

- No ei todellakaan, tuhahti kissa ja värähti hieman inhosta. - En erityisemmin pidä vedestä.

- Rotat saat kuitenkin luvan jättää rauhaan, Karhu sanoi tekeytyen ankaraksi.

- Ai, enkö edes vähän saa juoksuttaa niitä? Minusta niistä lähtee niin kiva ääni, kun ne pelkäävät, yritti kissa pettyneen näköisenä. - Kissan työtä on jahdata rottia ja hiiriä, jos et satu tietämään.

- Jos mielit saada ruokaa tässä laivassa, niin on parempi ettet juoksuta. Rotat ovat nimittäin meidän kokkejamme ja hyvin arvostettuja työssään, vastasi Karhu edelleen tuikean näköisenä.

- No, olkoon. Huvitan itseäni sitten muulla tavoin. Nimeni on muuten Eleonoora. En ole aivan nuori, mutta en kovin vanhakaan. Veljesi löysi minut Lissabonista, fadokuppilan liepeiltä joskus kauan sitten.

Eräs kulkukoira puri jalkani poikki ja veljesi hoiti sen kuntoon. Minulla ei siihen aikaan ollut kotia, joten veljesi otti minut laivakissaksi. Me laivakissat olemme kunnianarvoisa ammattikunta.

- Sie taijatkii olla hiuka nenäkkää sorttine? Mut elä sie huoli, kyl myö juttuu tullaa ko et ruppee silmille hyppimää, puuttui Kalkkuna keskusteluun hyväntuulisesti. Siitä oli aina yhtä hauskaa tutustua uusiin eläimiin, minkä näköisiin vain ja missä tahansa.

- Niin kai sitten, sanoi Kissa ja katsoi uteliaana kurttuista lintua. Omituinen otus, mutta huvittava, Kissa ajatteli.

- On tässä ennenkin kissoja nähty, sanoi Kilpikonna. - Vanhainkodissakin asui sellainen, herra Kornelius, hän oli paksu ja vaalea, sinä musta ja laiha. Aika rimpula oletkin, et ole tainnut aikoihin saada kunnon ruokaa.

- Mennään tervehtimään muita, ehdotti Alfred, ennen kuin keskustelu menisi henkilökohtaisuuksiin.

- Saan kai edes tapella tuon kanssa, kysyi Kissa toivorikkaana osoittaen tassullaan Koiraa.

- Voithan aina yrittää, ärähti Koira ja väläytti julmimman hymynsä. Kissa säpsähti hieman, mutta kokosi nopeasti itsensä.

- No, ehkä ei maksa vaivaa, se virkkoi välinpitämättömästi ja lähti notkeasti askeltamaan ruumasta kannelle. Koira hihitteli hiljakseen harmaaseen partaansa. Kauhun tasapaino oli löytynyt, toistaiseksi.

Muutkin eläimet saivat tutustua uuteen matkalaiseen. Rotat kyräilivät ensin kissaa epäluuloisina, mutta ne rauhoittuivat saatuaan Karhulta juhlallisen vakuutuksen siitä, ettei Eleonooran taholta tulisi ikävyyksiä. Sitä paitsi kissalla oli oma lehmä ojassa, mieluummin se söisi hyvin kuin jahtaisi huvikseen muutamaa laihaa siimahäntää. Ja jos rotat olivat kerran hyviä kokkeja, niin ylimääräisten herkkupalojen toivossa kannattaisi vaikka pikkuisen kaveerata niiden kanssa, laskelmoi Kissa.

Se muisteli kaiholla Lissabonin kuppiloiden paistettuja sardiineja. Mikään ruoka maailmassa ei vetänyt vertoja niille! Ravintoloitsijat olivat usein jättäneet ravintolan takapihan portaille Eleonooralle herkkupaloja asiakkailta tähteeksi jääneistä aterioista. Voi niitä aikoja! Eleonoora oli viihtynyt mainiosti laivakissan ammatissa, mutta koti-ikävä oli ajoittain vaivannut sitä.

Uusi laivanomistaja vaikutti yhtä mukavalta tyypiltä kuin velivainajansa. Ei muissakaan eläimissä mitään vikaa ollut. Vähän vanhoja, mutta muuten mukiinmeneviä. Kissa päätti sulautua joukkoon, kun oli kerran ruokaa ja seuraa tarjolla. Ehkä se vielä joskus pääsisi takaisin kotiin Lissabonin kujille...

Ilta kului rattoisasti. Vanhainkodin asukit kertoilivat Kissalle elämäntarinoitaan ja seikkailuistaan maailman eri kolkilla. Kissa kertoi omia tarinoitaan Lissabonista ja kaikista niistä paikoista, joissa oli entisen laivanomistajan kanssa kierrellyt. Juttua olisi riittänyt aamuun saakka ja kauemminkin, mutta väsymys alkoi painaa silmiä. Kissa huomasi etteivät vanhukset olleet lainkaan hullumpaa sakkia, kun heihin tutustui paremmin. Itse asiassa oli ollut oikein mukava kuunnella eläinvanhusten tarinointia. Nuoria nekin olivat joskus olleet, vaikkei uskoisi, ja jotkut olivat viettäneet melko villiä elämää puheista päätellen. Kaikki alkoivat vetäytyä yöpuulle, joten Eleonoorakin kiersi itsensä kerälle ja nukahti.

VANHA TUTTU

Aamulla lähdettiin joukolla Gröna Lundiin, Tukholman kuuluisaan huvipuistoon. Siellä oli valtava tungos, mutta sinnikkäästi vanhukset kiertelivät puistoa monta tuntia.

- Missä kaikki hupihärvelit ovat? kyseli Kilpikonna. - Minä haluan vuoristorataan!

- Täällä näkyy olevan yhtä paljon ravintoloita kuin huvipuistovempaimia, ihmetteli Koira. - Kyllä minulle mieluummin huurteinen maistuu kuin vuoristorata, sama lopputulos molemmista, se virnisti. - Lähdetkös mukaan oluelle, kuomaseni? se kysyi Vuohelta.

- Mikäpä siinä, aina sen verran kurkkua kuivaa, myhäili Vuohi. - Tule sinäkin, Alfred. Minua eivät nuo huvituslaitteet oikein kiinnosta. Mieluummin tutustun ruotsalaiseen olutmaailmaan.

- Etsitään tosiaan mukava ravintola ja istutaan hetkeksi. Tulkoot muut sitten kun ovat huvitelleet tarpeeksi, vastasi Alfred.

- Minä taidan kävellä puistossa, menköön Karhu rouva Kilpikonnan kanssa pyörimään johonkin vempaimeen. Minun pääni ei sellaista menoa kestä, sanoi Strutsi.

- Mie tuun siu mukkaa, ko mie en nyt välitä istuu ravintolas enkä mie halluu mihikää härveliikää, sanoi Kalkkuna. - Puistos kävely on nii rauhottavvaa.

- Me pannaankin sitten kahdestaan oikein tuulemaan, vai mitä? hörähti Karhu-herra ja kaappasi Kilpikonnan ja lähti tömistelemään kohti hurjan näköistä kieputinta, joka juuri lastasi sisäänsä asiakkaita. Eläimet kuulivat innostuneen käkätyksen Karhun kainalosta.

Eläimet siis hajaantuivat tekemään kuka mitäkin, mutta varmuuden vuoksi sovittiin tapaaminen läheisen ravintolan eteen. Muutaman tunnin kuluttua vanhusjoukko änkeytyi meluten ja hälisten pieneen ravintolaan. Tuskin eläimet olivat saaneet itsensä istumaan, kun heidän luokseen lennähti isokokoinen paviaani, joka kaappasi Simpanssin muitta mutkitta lujaan syleilyynsä.

- Ei voi olla totta! Pierre, vanha ystäväni! Tämä on ihmeellistä! Kyllä maailma on pieni! kailotti paviaani suoraan Simpanssin korvaan. Simpanssi oli alkuhämmästyksestään toivuttuaan tarrannut itsekin pavi-aanista kiinni ja siinä nuo kaksi apinaa hyppivät innoissaan sylikkäin, retuuttivat kaverillisesti toisiaan, hakkasivat toisiaan selkään ja me-kastivat ja nauroivat kuin hullut.

- Mie luule jot hyö on entuuvestaa tuttuja, huomautti Kalkkuna älyk-käästi nyökytellen.

- Niin voisi kehonkielestä päätellä, myhäili Vuohi huvittuneena.

- Tässä on ranskalainen ystäväni menneiltä vuosilta! Saanko esitel-lä Nicholaksen? Olimme samaan aikaan Le Circuksessa töissä. Mutta onpa kummallista, että sinäkin olet ravintola-alalla! Mikä kumma mei-tä apinoita ruoan ääreen vetää, hohotteli Simpanssi kohti kurkkuaan. - Katsos kun minäkin olen ravintoloitsija! Tosin jätin itseni jo eläkkeelle ja ravintolahommat veljenpojalleni. Nämä tässä ovat minun vanhain-kotiystäviäni. Vanhainkotia peruskorjataan parhaillaan ja olemme merillä kunnes korjaus on tehty. Kiertelemme ja katselemme maail-maa tämän Karhun omistamalla rahtilaivalla.

- Päivää vaan kaikille, mekasti paviaani Nicholas. - Ja tervetuloa ra-vintolaani! Tämä on juhlahetki! Vaadin aivan ehdottomasti saada tar-jota Pierrelle ja hänen ystävilleen ruoat ja juomat. Tätä pitää juhlia oi-kein kunnolla ja haluan kuulla kaikista kaiken! Pierren ystävät ovat minunkin ystäviäni! Oma tarinani menee lyhykäisyydessään niin, että Le Circuksen jälkeen ajauduin tänne Ruotsiin, löysin ihanan puolison ja perustin ravintolan hänen kanssaan.

- Joko kohta tulee pötyä pöytään vai onko tarkoitus pitää puheita? kuului äreä ääni Karhu-herran selkärepusta.

Paviaani Nicholaksen ravintolassa vietettiin monta iloista tuntia. Taas kerran käytiin elämänkerrat ja seikkailut läpi, vatsat täyttyivät herkullisista ruoista ja hyvistä juomista. Nicholas ei pihtaillut tarjoi-luissaan vanhalle ystävälle ja vanhan ystävän ystäville. Yö oli jo pitkäl-lä, kun eläimet vihdoin palasivat laivaan.

LUKU 3

EL CONDORIN PALUU

Samoihin aikoihin Fatima ja Pattijalka viettivät rauhallisia päiviä Eläinten vanhainkodin tallissa. Päärakennuksessa häärivät työmyyrät. Kuului naputusta, koputusta, porausta ja sahausta, kun vanhainkotia pantiin kuntoon. Välillä hevoset seurasivat työmyyrien touhuja, välillä ne kävivät metsässä tervehtimässä herra Hirveä ja koko hirvisukua sekä Majavan perhettä. Fatima pani merkille apeuden Pattijalan olemuksessa, vaikka se yritti olla reipas. Pattijalka kaipasi merille lähteneitä ystäviään. Se oli niin tottunut niiden seuraan, että nyt sen olo oli jotenkin orpo. Ja vaikka Hevosella oli rakas puoliso rinnallaan, niin se kaipasi myös vanhainkodin bändiä, The New Animalsia. Siellä jossain ystävät soittelivat yhdessä, ja Pattijalka oli ilman orkesteria. Hevonen synkisteli ja rypi itsesäälissä.

- Piristyhän nyt, kultaseni, sanoi Fatima nähdessään puolisonsa murheellisen ilmeen. - Kyllä minä tiedän, että ikävöit tovereitasi. Niin minäkin. Mutta meillä on täällä tärkeä tehtävä. Seuraamme remontin valmistumista ja huolehdimme siitä, etteivät asiattomat maleksi nurkissa.

- Niin niin, huokaisi Pattijalka. - Aika menee nopeasti ja pian he ovat taas täällä, se sanoi ja yritti reipastua puolisonsa mieliksi.

- Mentäisiinkö vaikka tervehtimään Majavaa? kysyi Fatima.

- No mennään ja lasketaan, onko lapsia tullut lisää, hirnahti Pattijalka jo paremmalla tuulella. Se piti Majavasta ja sen koko perheestä. Majava oli suurperheellinen yrittäjä. Se hoiti paikalliset padonrakennukset ja eläinten hautaustoimiston ja oli myös maankuulu arkunrakentaja. Pappinakin Majava ehti olla eläinten hautajaisissa aina tarpeen tullen. Kun on monta suuta ruokittavana, niin on kai pakko olla monta virkaakin, Hevonen tuumi.

Hevoset poistuivat tallista keskenään rupatellen. Mutta tuskin ne olivat astuneet pihamaalle, kun ne näkivät tontin nurkalla ison, ruman hahmon. Fatima säikähti kammottavaa otusta ja hirnahti. Pattijalan otsasuonet pullistuivat kiukusta, kun se tunnisti tulijan. Siinä oli maailman rumin ja ilkein korppikotka, El Condor Jr. Tuo pahanilmanlintu oli aikanaan melkein saanut vanhukset häädetyksi Eläinten vanhainkodista. Grynderinä toimiessaan Korppikotka oli hautonut kieroja juonia saadakseen vanhainkodin ja sen tontin itselleen ja myydäkseen ne sitten venäläisille ökyvinttikoirille. Neuvokkaiden Eläinten vanhainkodin asukkaiden ansiosta El Condorin katalat suunnitelmat olivat kuitenkin valuneet hiekkaan. Lisäksi Vuohi oli hypnotisoinut inhottavan Korppikotkan lentämään sinne mistä se oli alunperin tullutkin eli hyvin, hyvin kauas. Ja nyt tuo hävytön suurkonna oli näköjään tullut takaisin.

- Kappasta vain, ketkäs ne sieltä tulevat, narahti ilkimys pilkallisesti. - Luulin jo, ettei täällä enää tuttuja olekaan, kun on niin hiljaista.

- Mitä sinä täällä teet? Ja millä oikeudella sinä tänne tulet? Sinun pitäisi olla siellä missä pippuri kasvaa, sanoi Pattijalka vihaisena. - Turha kuvitella, että voit tulla pilaamaan maiseman kaiken sen jälkeen, mitä olet tehnyt.

- Minäkö? MINÄKÖ? alkoi El Condor ärjyä. - Te vanhainkodin asukkaat itse pilasitte MINUN loistavat bisnekseni! TE! Mokomat pattijalkaiset hevosvanhukset ja harmaapartaiset vuohet ja ikäloput kaakattavat kalkkunat! PILASITTE ELÄMÄNI!

Korppikotka melskasi pihalla niin hirveästi, että molemmat hevoset uteliaina odottivat sen halkeavan raivosta siihen paikkaan. Niin ei kuitenkaan tapahtunut. Aikansa mekastettuaan El Condor vielä sihisi ja syljeskeli, mutta kokosi sitten itsensä.

- Tämä ei jää tähän, senkin pölvästit! El Condor ei jätä rankaisematta ketään, jolta on saanut epäoikeudenmukaista kohtelua. Julma kosto odottaa! Missä muut vanhukset muuten ovat? korppikotka älysi lopulta kysyä riekkumisensa lomassa.

- Se ei kuulu sinunlaisellesi roistolle pätkän vertaa, joten näillä kulmilla on turha roikkua urkkimassa, vastasi Pattijalka uhkaavan näköisenä kavio koholla.

- No, kyllä minä sen asian selvitän, rähisi El Condor rumalla äänellään, nousi siivilleen ja häipyi yläilmoihin. - Tulen vielä takaisin! se rääkäisi mennessään.

- Sen kun tulet, täällä ollaan valmiina vastaanottamaan, jupisi Pattijalka kiukkuisena. Sitten se kääntyi Fatiman puoleen. - Älä pelkää, kaunokaiseni, tuo inhottava roisto ei tee täällä mitään niin kauan kuin se on minusta kiinni.

- En minä tuota rumaa raspikurkkua pelkää, hymyili Fatima julmasti. - Kyllä me jotain keksimme, jos hän tulee takaisin. Allan, entinen isäntäni, opetti minulle muinoin muutaman mukavan itsepuolustuskikan hevosvarkaiden varalta. Varkaitahan on, kultaseni, maailma väärällään ja siksi on syytä osata temppu tai kaksi.

Pattijalka katsoi ihaillen puolisoaan. Kyllä he kaksi pärjäisivät, se ajatteli. Koska El Condor näytti toistaiseksi häipyneen maisemista, ne jatkoivat matkaansa herra Hirven ja herra Majavan luo. Kuultuaan El Condorin käynnistä metsän eläimet olivat hyvin huolissaan ja päättivät vastedes pysytellä valppaina.

Nykyisin sekä vanhainkodin että metsän eläimillä oli liittolaisinaan El Condorin entiset alamaiset, parannuksen tehneet kätyrihaukat. Haukat olivat aikoinaan - kyllästyttyään Korppikotkan kataluuksiin - karanneet El Condorin palveluksesta ja anoneet turvapaikkaa metsästä. Se olikin niille myönnetty sillä ehdolla, että haukkojen harrastamat kolttoset olisivat taakse jäänyttä elämää. Nyt haukkoja kutsuttiin Vartijahaukoiksi niiden perustaman turvallisuusyrityksen mukaan. Linnut olivat ottaneet tosissaan parannuksen tekemisen ja huolehtineet esimerkillisesti metsän asukkaiden turvallisuudesta. Sitä paitsi Hau-

41

kat tunsivat entuudestaan El Condorin metkut ja pystyivät näin ollen ennakoimaan tulevia tilanteita, joita ilkimys saattaisi järjestää. Linnut olivat varmoja, että Korppikotka yritti kostaa eikä ajatus miellyttänyt niitä.

KIRJEKYYHKYJEN KOETTELEMUS

Synkeästä tapahtumasta huolimatta hevoset viettivät virkistävän päivän hirvien, majavien, oravien ja muiden metsän eläinten seurassa. Kotipihalle saavuttuaan ne huomasivat, että kaikki ei ollut kohdallaan. Tallin ovi oli raollaan, vaikka hevoset olivat aivan varmasti sulkeneet sen lähtiessään. Sisään astuttuaan hevoset huomasivat, että paikkoja oli pengottu ja että kaikki oli sekaisin. Sitten ne löysivät toisen vanhainkodin kirjekyyhkyistä, Paavo Pulun, makaamasta tallin lattialla verissään. Pirjo Pulu itki lohduttomasti puolisonsa vierellä.

- Mitä ihmettä täällä on tapahtunut? huudahti Fatima ja syöksyi lintujen luokse. - Onko Paavo elossa? se kysyi kauhistuneena. Saatuaan Pirjolta vaimean nyökkäyksen Fatima ravasi etsimään sidetarpeita.

- Kaikki on pengottu ja sotkettu! Arvaan kyllä, kuka on ollut asialla, mutta mitä El Condor on kuvitellut täältä löytävänsä? Pattijalka oli yhtä aikaa vihainen ja ihmeissään.

- Mietitään sitä myöhemmin, katso nyt sinäkin Paavoa, ei kai hänellä ole hätää? Fatima hoputti puolisoaan. Pattijalka syventyi haavoittuneeseen lintuun.

- Minusta näyttää siltä, että siipi on katkennut tai revennyt. Taitaa olla tuskallista, vai mitä vanha veikko? kysyi Pattijalka myötätuntoisesti maassa makaavalta linnulta. Lintu sanoi jotain, ja Hevosen piti painaa korvansa lintuun kiinni kuullakseen heikolla äänellä kerrotun asian. Sitten Pattijalka suoristautui.

- Paavo sanoi, että iso ruma lintu hyökkäsi yllättäen sisään ja raapaisi häntä siipeen tehdäkseen hänestä toimintakyvyttömän, kertoi Pattijalka.

- Minä olin kirjekeikalla, kun tämä tapahtui. Tultuani kotiin löysin Paavon lattialta virumasta. Ties kuinka kauan kultalintuseni on joutunut tuskissaan ja verissään yksin makaamaan, itki Pirjo siipiään väännellen.

- Minä osaan sitoa siiven, jouduin juoksija-aikoinani teippailemaan omia jalkojani tuon tuostakin. Ei mitään hätää enää, lohdutteli Fatima Pirjo Pulua. Pirjo alkoi vähitellen toipua järkytyksestään.

Pirjo ja Paavo Pulu olivat vuosia sitten perustaneet Puluposti Oy:n. Kirjeenkuljetusyritys oli molemmille enemmänkin harrastus kuin työ. Pulujen lapset olivat jo lentäneet pesästä ja pariskunta oli keksinyt tämän liikeidean aikansa kuluksi. Ja kun kyyhkyt kerran muutenkin lentelivät, niin miksei siinä samalla voisi postiakin kuljetella. Ei heillä töissä kiirettä ollut, koska muitakin viestien toimittamistapoja oli keksitty. Mutta vielä löytyi niitä, jotka lähettivät kirjeensä pulupostina. Pirjolla ja Paavolla oli työtä juuri sen verran kuin ikääntyneet kyyhkyset viitsivät ja jaksoivat tehdä. Tienesteillään ne pysyivät mukavasti jyvissä ja saivat vähän säästöönkin vanhuuden varalle.

Nopeasti ja ammattimaisin ottein Fatima sitoi Paavon siiven. Siipi oli kärsinyt vaurioita, mutta kyllä siitä hyvä tulisi ja Paavo lentelisi vielä entiseen malliin. Linnut olivat huojentuneita tiedosta, ja Paavo pantiin tallin parvelle lepäämään ja keräämään voimia. Hevoset alkoivat tutkia tallia saadakseen selville, mikä siellä oli niin kovasti kiinnostanut Korppikotkaa. Aikansa siivoiltuaan Fatima pani merkille, että yksi postikortti puuttui seinältä. Sen hevoset olivat saaneet äskettäin Ruotsista vanhainkotiystäviltään. Kortissa oli pieniä kuvia Tukholmasta ja myös kartanosta, jossa eläinvanhukset olivat käyneet.

- Voi ei, El Condor on ottanut kortin! huudahti Fatima. - Nyt sillä inhottavalla niljakkeella on johtolanka siitä, missä ystävämme ovat!

43

- Niin taitaa olla, sanoi Pattijalka harmissaan. - Emmekä pääse varoittamaan heitä, koska heidän tämänhetkisestä olinpaikastaan ei ole varmaa tietoa. Ja vaikka olisikin, niin emme voi itse lähteä, koska meidän täytyy huolehtia vanhainkodista.

- Minähän voisin lähteä tiedustelemaan, sanoi silloin silmin nähden reipastunut rouva Pulu. Se oli helpottunut nyt, kun rakas puoliso oli asianmukaisesti hoidettu ja toipumassa. - Voisin tehdä lentomatkan Tukholmaan ja ympäristöön. Kultalintuseni on varmasti täällä hyvässä hoidossa teidän luonanne.

- Kyllähän se rauhoittaisi, jos ystävät merellä saisivat viestin, että kannattaa olla varuillaan. Korppikotkaniljetyksen metkuista ei voi ikinä tietää, sanoi Pattijalka. - Mitä mieltä sinä olet, kaunokaiseni? Hevonen kysyi vilkaisten Fatimaa.

- Niin, kyllä meidän on viisainta pysytellä täällä. Ja Paavo on hoidettava kuntoon. Minun puolestani voit lähteä, sanoi Fatima kääntyen Pirjon puoleen. - Laitetaan viesti sinulle mukaan. Mutta ole varovainen, siellä ilmatilassa voi lennellä joku muukin, sanoi Fatima hieman levottomana.

- Yläilmoissa tieto kyllä kulkee, naurahti Pirjo. - Meille on Paavon kanssa vuosien varrella syntynyt ystävyyssuhteita eri puolilla maailmaa. Kuulumme maailmanlaajuiseen Kirjekyyhkyt -järjestöön. Verkostomme on laaja siitä huolimatta, että ammattikuntamme alkaa olla vähän vanhanaikainen. Lähden reissuun heti huomisaamuna. Mutta nyt menen puluseni viereen nukkumaan, sanoi Pirjo ja lehahti Paavon luo parvelle.

- Mennään mekin nukkumaan, huomenna on uusi päivä, sanoi Fatima Pattijalalle.

KOKKA KOHTI KIELIN KANAVAA

Yön nukuttuaan ja kerättyään uusia voimia vanhukset olivat aamulla uudessa iskussa jatkamaan matkaansa. Eläimet henkäilivät ihastuksesta katsellessaan mereltä kaunista Tukholmaa ja saaristoa sen edustalla. Tuntui hienolta istua auringonpaisteessa kannella ja nauttia näkymistä, varsinkaan kun omat koivet eivät näin rasittuneet. Simpanssi vaihtoi välillä keittiövuoroja rottien kanssa, jotta nekin pääsivät ihailemaan maisemia ja juoksentelemaan kannella. Rotat olivat nuoria ja kaipasivat muutakin toimintaa kuin ruoanlaittoa ja keittiöaskareita. Strutsi oli lahjoittanut rotille keittiötarvikkeista vanhan pohjasta rikki menneen siivilän koriksi, johon ne heittelivät pingispalloa. Koira oli naulannut siivilän laivan seinään kiinni. Ruumasta oli löytynyt vielä vanhanaikainen, hyväkuntoinen puinen saavi. Siitä Koira värkkäsi

rotille ikioman uima-altaan, josta siimahännät kovasti ilahtuivat. Van-
hukset katselivat hymyillen rottapoikien melskaamista ja pulikoimis-
ta.

Koska mihinkään maahan ei ollut tarkoitus jäädä asumaan, niin tuli
aika sanoa Ruotsille hyvästit. Kokka suunnattiin kohti Kielin kanavaa,
sillä seuraava etappi oli Hollanti. Amsterdamissa pidettiin vuosittai-
nen vuohenjuustokonferenssi, johon Vuohen poika Alfred aikoi osal-
listua ja samalla tehdä hankintoja kartanon varastoihin. Alfred-vuohi
rakasti Amsterdamia ja koko Hollantia.

- Minun on pakko päästä aina Amsterdamissa käydessäni ajelemaan
vesibussilla, Alfred hehkutti. - Kaupunki näyttäytyy aivan uudessa va-
lossa, kun sitä katselee kanavia pitkin ajeltaessa.

- Aivan totta, innostui Vuohikin. - Samaa voi sanoa Pietarista, siellä
on myös paljon kanavia ja vesiliikennettä.

- Myöhä voijaa mennä tekemää Amsterdamis sellane vesibussiretki,
kiekaisi Kalkkuna tohkeissaan. - Miekii uson et eri perspektiivist katot-
tun asiat näyttää iha toisellaisilt ko normaalist. Sie saisit Vuohi joskus
viijä meiät sinne Pietarii, nii näkis senki ihmee.

- Onko siellä huvipuistoja? kysyi Kilpikonna. Se oli herännyt lepotuo-
lissaan.

- En ole käynyt Pietarissa huvipuistossa. Mutta sen voin kertoa, että
pelkästään tieliikenne Venäjällä on niin jännittävää, ettei muuta jänni-
tystä tarvita, hymyili Vuohi vanhan rouvan vauhdin kaipuulle.

- Siinä eläimet sitten turisivat niitä näitä, rotat painelivat keittiöön
ruoanlaittoon, Strutsi ja Karhu lojuivat lepotuoleissaan ja kuuntelivat
puolella korvalla vanhusten jutustelua. Hetken kuluttua Strutsin huo-
mio kiinnittyi lintuun, joka kierteli taivaalla ja selvästi etsi jotain. Strut-
si siristeli puoliunisena silmiään ja katsoi tarkemmin.

- Katsohan, kultaseni, se sanoi Karhulle osoitellen laiskasti siivellään yläilmoihin, tuo lintu muistuttaa kovasti kirjekyyhkyämme Pirjoa.

- No, mutta sehän on Pirjo! kummasteli Karhu. - Mitä hän täällä tekee? Meitäkö hän etsii?

- Niin tietenkin, huudahti Strutsi virkistyneenä ja alkoi viuhtoa vimmatusti siivillään. Karhukin heilutteli käpäliään ja kohta koko vanhusjoukko huitoi Pirjolle. Kyyhky huomasi merkinannot ja alkoi laskeutua laivan kannelle. Tuskin sen kynnet ehtivät koskettaa kantta, kun hälisevät vanhukset ympäröivät sen ja uteliaita kysymyksiä lenteli ilmassa.

- Rakkaat ystävät, rakkaat ystävät, huudahti Strutsi, antakaa nyt Pirjon vetää henkeä ja levähtää hetki. Lento on varmaan ollut raskas.

- No annetaan, annetaan, myöntyivät vanhukset vastahakoisesti.

Kun kyyhky oli saanut syödyksi ja levähdetyksi, se kertoi karmaisevat uutiset El Condorin käynnistä ja uhkauksista sekä Paavon kohtalosta. Pirjo antoi myös Fatiman ja Pattijalan viestin Strutsille. Siinä oli selostus postikortin katoamisesta ja vanhainkodin tämänhetkisistä peruskorjausvaiheista. Vanhainkodin remontti sujui hyvin. Korppikotkaa vastaan isot hevoset pystyisivät taistelemaan, jos tarve vaatisi. Mutta tuskin El Condor jäisi vanhainkodin nurkille väijymään, vaan yrittäisi etsiä vanhukset ja iskeä sitten.

Merimatka jatkui uutisista huolimatta rauhallisesti. Vanhukset tähyilivät kuitenkin vähän väliä taivaalle ja olivat huolissaan. Ne pelkäsivät, että Korppikotka yhtäkkiä ilmestyisi heidän kimppuunsa. Pirjo Pulu oli lepäämisen jälkeen saateltu kotimatkalle mukanaan viesti, että kaikki oli hyvin ja terveiset Paavolle ja hevosille ja metsän asukkaille. Amsterdam alkoi häämöttää horisontissa, joten vanhukset saivat muuta ajateltavaa kuin Korppikotkan. Ennen Amsterdamin satamaan saapumista Karhu pyysi kaikki koolle ruokasaliin.

- Hyvät ystävät, se sanoi, tiedän että olette odottaneet Amsterda-miin saapumista. Alfredkin on kertonut teille kaupungista mahtavia tarinoita. Olen kuitenkin ajatellut, että poikkeamme satamaan vain siksi ajaksi, että Alfred pääsee maihin ja jatkamme samantien mat-kaamme.

- Miksi ihmeessä? Minkä vuoksi emme mene maihin? alkoivat eläin-vanhukset huudella kysymyksiä Karhulle.

- Katsokaahan, entisenä poliisina tunnen rikollisen mielenlaadun. Uskon, että El Condor on postikortin perusteella jo löytänyt ruotsa-laiskartanon. Siellä hän on taatusti pelotellut jonkun kertomaan, että Vuohen poika Alfred on menossa laivalla Hollantiin juustokonferens-siin. Toivon vain, ettei se kelmi ole käyttänyt inhottavia keinoja saa-dakseen jonkun puhumaan, Karhu lisäsi synkästi.

- Hirveää, kauheaa, kamalaa, mumisivat vanhukset kauhistuneina yhteen ääneen.

- En todellakaan halua uskoa, että mitään pelottelua vakavampaa on tapahtunut, yritti Karhu rauhoitella yhtä paljon itseään kuin muita-kin. - Mutta saamme etumatkaa tuohon lieroon, jos emme menekään Amsterdamiin, vaan jatkamme eteenpäin. Korppikotka luulee mei-dän viettävän Hollannissa muutaman päivän ja yrittää etsiä meistä johtolankoja. Mutta niitä emme El Condorille jätä, sanoi Karhu päät-täväisesti.

- Emme jätä! Emme missään nimessä! huutelivat vanhukset. Taiste-luhenki valtasi uurteiset, kumaraiset olemukset ja sai ne ryhdistäyty-mään.

- Mie olin kyl aatelt ostaa kukkasipuleit Amsterdamist, mut saaha niit muualtkii, tuumaili Kepa Helttanen ääneen. - Mut mihi myö nyt sit jatketaa?

- Mennään Portugaliin, Lissaboniin, ehdotti Eleonoora-kissa yllättä-en. - Siellä on lämmintä, mukavaa, aurinkoa ja sardiineja. Minä voisin

48

toimia oppaana. Ja ehkä voisin jäädä sinne, olihan se joskus kotini, se jatkoi hiljaisemmalla äänellä ja katseli seinään päin, jotta muut eivät huomaisi sen liikutusta.

Eläinvanhukset alkoivat puntaroida Eleonooran ehdotusta. Kilpikonnalle tuli hämärästi kotoinen olo, mutta tarkemmin se ei saanut ajatuksesta kiinni. Ja koska kenelläkään ei ollut parempaakaan ehdotusta, niin päätettiin Hollannissa poikkeamisen jälkeen matkata kohti Portugalin pääkaupunkia. Alfred jäi Amsterdamin satamaan, jossa pidettiin eropuheita ja jätettiin haikeat jäähyväiset. Eron hetki oli erityisen surullinen Vuohelle. Se tiesi kuitenkin sisimmässään, että Alfred pärjäisi elämässään. Ja Alfred lupasi tulla joskus käymään Eläinten vanhainkodissa.

KILPIKONNA MUISTELEE

Sitten seilattiin monta päivää ja yötä. Taakse jäi paljon kaupunkeja, joihin vanhukset eivät uskaltaneet mennä, jottei El Condor saisi vihiä heidän olinpaikastaan. Vain pienimmissä satamakaupungeissa käytiin täydentämässä laivan ruoka- ja juomavarastoja. Meri oli enimmäkseen tyyni ja päivät olivat yleensä ottaen kauniita ja auringonpaisteisia, joten vanhukset saattoivat nauttia lämmöstä laivan kannella.

- Nyt on yhtä kaunis päivä kuin silloin, kun isäni vei minut pienenä kilpikonnana ensimmäisen kerran katsomaan aarteitaan, alkoi Kilpikonna puhua kärisevällä äänellään. Muut eläinvanhukset kääntyivät tuijottamaan Kilpikonnaa hämmästyneinä sen kirkkaasta hetkestä ja oudosta paljastuksesta.

- Mitä ihmeen aarteita? sai Simpanssi hetken kuluttua kysytyksi.

- Kaikkia niitä aarteita, joita haaksirikkoutuneista laivoista vuosien mittaan oli uponnut meren pohjaan, vastasi Kilpikonna kärsivällisesti.

- Niitä olikin melkoiset kasat. Oli kolikoita, helmiä, koruja, vyönsolkia, ruokailuastioita, juomapikareita ja jopa kruunuja.

- Miksi sinun isälläsi oli ne aarteet? ihmetteli Tasakäpälä.

- Minun isäni oli kilpikonnien kuningas, hyvin arvostettu, kertoili Kilpikonna. - Kilpikonnien kuninkaalle tuotiin perinteisesti kaikki mereen uponneet arvoesineet. Kuningas sitten jakoi niitä tarvitseville harkintansa mukaan.

- Oot sie kuule nukkunt joteki huonost, kysyi Kalkkuna huolestuneena. - Ko nuo siu juttuis kuulostaa nii kummallisilt. Kalkkuna vilkaisi ympärilleen. Muut eläimet olivat yhtä ällistyneitä kuin se itse.

- Minä olen nukkunut oikein hyvin, kiitos vain kysymästä, sanoi vanha Kilpikonna hyväntuulisesti. - Siitä on pitkälti toista sataa vuotta, kun isäni lähti uimaan sinne, minne kilpikonnat uivat, kun aavistavat loppunsa lähestyvän.

- Nyt ei parane toppuutella vanhaa rouvaa, kun hän kerrankin muistaa jotain, suhisi Tasakäpälä Vuohelle.

- Totta puhut, yritetään kysellä jotakin, kuiskasi Vuohi takaisin.

- Oliko rouva Kilpikonnalla sisaruksia, äitiä? uteli Vuohi kohteliaasti.

- Tietenkin, kyllähän kaikilla väkisinkin äiti on, käkätti Kilpikonna. - Ja olihan meitä sisaruksiakin melkoinen lauma, viisi tyttöä ja viisi poikaa. Äitini oli tavattoman hyvä ja hieno kilpikonna. Kaikki hukkuneet ihmiset ja eläimet hän hautasi kauniisti meren pohjaan säätyyn katsomatta. Merimies tai merirosvo, kaikki pääsivät meren hautaan, ei tarvinnut kenenkään jäädä levottomana sieluna vaeltamaan.

- No joha siul on jutut. Mut siehä oot sit vissii oikee prinsessa, jos siul kerra ol kuninkaalliset vanhemmat? äimisteli Kepa Helttanen.

- Olen. Olimme erittäin hienoa kilpikonnasukua. Sopivan ikäisenä minut naitettiin eräälle naapurimeren kilpikonnanuorukaiselle, kuninkaallinen hänkin. Valitettavasti puolisoni menehtyi jo nuorena, jäi raukka kalastajan verkkoon. Emme ehtineet edes perillisiä saada, sanoi Kilpikonna hieman alakuloisena. - Mutta olihan minulla siskoja ja veljiä, sukuhaaramme ei siis päässyt kokonaan sammumaan.

- Rouva Kilpikonna ei ole aikaisemmin kertonut paljonkaan sukulaisistaan. Ja että noin hienoa syntyperää, hyvä tavaton sentään, päivitteli Strutsi hiljaa Karhulle.

- Oi, niitä ihania turnajaisia, joita pidettiin meren pohjassa! jatkoi Kilpikonna muisteloitaan haikeus äänessään. - Meillä kilpikonnilla kun on jo valmiina nämä panssarit, niin ei mennyt suotta aikaa haarniskojen pukemiseen. Meillä tytötkin saivat osallistua turnajaisiin, vanhempani olivat näet hyvin edistyksellisiä tasa-arvon kannattajia. Minä olin usein turnajaisten kuningatar! selosti Kilpikonna innoissaan. - Ja kun eräissä turnajaisissa ratsastimme tulevan puolisoni kanssa ensimmäisen kerran merihevosilla päin toisiamme, niin se oli menoa - etten sanoisi - yhdessä rysäyksessä!

- Kuinka rouva Kilpikonna sitten päätyi Eläinten vanhainkotiin? kysyi Vuohi.

- Kerron siitä joskus, nyt minua väsyttää. Menen hetkeksi lepäämään, sanoi Kilpikonna äkkiä voipuneena ja lähti hitaasti hyttiään kohti. Se tunsi itsensä hyvin, hyvin väsyneeksi.

- Mahtoks hää keksii kaike omast päästää? aprikoi Kalkkuna ääneen Kilpikonnan mentyä.

- Minusta kertomus oli sen verran hullu ja omituinen, että sellaista on vaikea keksiä, arveli Simpanssi nyökytellen päätään. - Kyllä sen täytyy olla totta. Luulen.

Muutkin vanhukset hymisivät myöntelemisen merkiksi. Merten turnajaisissa saattoi myös olla selitys kilpikonnavanhuksen ikuiseen vauhdinkaipuuseen.

HÄIJYLÄISEN HYÖKKÄYS

Oltiin avomerellä, lähestyttiin Portugalia, mutta rantaa ei vielä näkynyt. Merimatka oli alkanut tuntua yksitoikkoiselta. Pienet satamakaupungit, joista poikettiin hakemaan ruoka- ja juomatäydennystä laivaan, oli nopeasti katsottu eikä niistä ollut pitkäaikaista huvia matkailijoille.

Laivan kannella päivästä toiseen kököttäessään vanhukset olivat vajonneet tekemättömyyden tylsään tilaan. The New Animalsin orkesteriharjoitukset olivat jääneet vähiin, sillä aallot keinuttivat laivaa sen verran, että rummut ja vahvistimet kaatuilivat. Simanssi yritti välillä pitää iloa yllä laulamalla ja steppaamalla ystävilleen, mutta vanhukset eivät jaksaneet innostua siitäkään. Eläimet olivat väsyneitä ja kyllästyneitä seilaamiseen, ne kaipasivat kunnon maata jalkojensa alle. Ainoa, joka tuntui piristyvän päivä päivältä yhä enemmän, oli Eleonoora-kissa. Se vaistosi, että se pääsisi kohta kotiin ja tunsi mukavan hyrinän sisuskaluissaan.

Aurinko porotti ja vanhukset nuokkuivat taas kerran kannella lepotuoleissaan, Kissa kierteli laivaa ja Vuohi oli ruorissa. Strutsi ja rottapojat tekivät hiljakseen päivällistä. Karhu tiiraili kaukoputkella kaukaisuuteen. Sitten, yhtäkkiä, tuntui tömähdys laivan pohjassa. Ja hetken päästä toinen. Ja kolmas. Vanhukset säpsähtelivät hereille horteestaan, Kissa höristeli korviaan, Strutsi ja rotat keskeyttivät puuhansa ja Karhu nosti kaukoputken silmältään ja alkoi kuunnella. Se nojautui laidan yli katsoakseen alas.   Silloin, aivan yllättäen, merestä hyppäsi valtavan kokoinen, häijyn näköinen eläin monen metrin korkeuteen ja irvisti rumasti. Sitten se mätkähti raskaasti veteen ja jäi pintaan uiskentelemaan.

- Terveisiä El Condor Juniorilta! kähisi eläin. Karhu hätkähti ja vetäytyi nopeasti taaksepäin.

- Kukas sinä olet ja mistä tunnet sen roiston? urahti Karhu kulmat kurtussa. Se hieman häpesi pelästymistään, mutta vieras eläin oli todella kammottavan näköinen irvistellessään.

- Me olemme jonkinlaisia liikekumppaneita, jos näin voisi asian ilmaista, vastasi eläin pirullisesti virnistäen. - Meillä on silloin tällöin yhteisiä intressejä, joten auttelemme toisiamme tarvittaessa. Jos olet niin sivistymätön, ettet tunne minua, niin voinhan esittäytyäkin. Olen Hai. Hylkiö-Hai.

- Yhtään sen kauniimpi et ole kuin liikekumppanisikaan, jupisi Karhu itsekseen. - Mitä sinä meistä haluat, kun tulet tällä lailla häiriköimään? se kysyi sitten ääneen.

- El Condorilla on kuulemma keskeneräisiä juttuja teidän kanssanne. Petitte hänet pahan kerran. Minä puolestani olen kiinnostunut merenpohjan aarteista, joista eräs joukossanne tietää, kähisi Hylkiö-Hai edelleen irvistellen. Tuo ei varmaan edes osaa hymyillä kauniisti, arveli Karhu mielessään.

Muutkin vanhukset olivat meteliä kuultuaan tulleet Karhun luo, samoin Strutsi ja rotat ja Kissa. Kilpikonna oli lepäämässä hytissään. Kaikki tuijottivat peloissaan häijyn näköistä oliota.

- Jos joku meistä tietäisikin aarteista, niin miksi kuvittelet meidän kertovan sinun kaltaisellesi hyypiölle niistä mitään? mutisi Karhu.

- Siksi että muuten tuhoan laivanne ja teidät, vastasi Hylkiö-Hai yksinkertaisesti. - En näe joukossanne sitä, joka rikkauksista tietää. Olette tainneet piilottaa hänet. Mutta en jätä teitä rauhaan ennen kuin saan selville aarteiden kätköpaikan. Sitten Hai sukelsi mereen ja häipyi. Eläimet kuitenkin ymmärsivät, että se poistui vain väliaikaisesti.

- Nyt mie en ennää jaksa, parkaisi Kepa Helttanen yllättäen. - Tätäks miu loppuelämäin on? Ko mie oisi vaa halunt ellää rauhas. Sit tullee toine toistaa rumempaa häijyläist elämää pillaamaa. Mie en ennää jaksa, itki Kalkkuna suureen ääneen epätoivoisena. Eläinvanhukset olivat hämmennyksissään, sillä Kalkkunalta ei yleensä hermo pettänyt.

Strutsi tarttui Kepa Helttasta siivestä ja alkoi kuljettaa itkuista Kalkkunaa kohti keittiötä. Tujaus rommia tekisi nyt hyvää. Strutsi uskoi ymmärtävänsä syyn Kalkkunan hermoromahdukseen. Lintuvanhus oli jo kerran aikaisemmin joutunut lähtemään kauas kotoaan. Nyt vanhusraukka pelkäsi, ettei enää näkisi kotimaataan, vaan joutuisi häijyn hain kitaan kaukana vanhainkodista.

Kalkkuna seurasi itkeskellen Strutsia keittiöön. Parin rauhoittavan rommipaukun jälkeen Kalkkunaa jo hymyilytti.

– Mite mie nyt silviisii aloi ulvomaa, se tirskahti. – Mahto hyö aatella, et Kepa on tullu hulluks. Mut ko mie oon nii väsähtänt täs purkis olemissee, mie tarvitsen maata jalkojein alle. Ei tämmöne seilaamine o miust pitemmä päälle mukavaa. Ain o vähä niinko paha oloki, Kalkkuna sanoi ja huokaisi.

– Niin, tulihan tästä toisenlainen reissu kuin alunperin oli tarkoitus, huokaisi Strutsikin ja kulautti seuran vuoksi itsekin reilun tilkan rommia kurkkuunsa. – Kyllä minuakin harmittaa, kun sen inhottavan grynderin vuoksi jää monta hienoa paikkaa näkemättä. Ja nyt tuo hirveä haikin vielä.

– Kuuleha Strutsi, kyl myö yhes täst pinteest päästää, sanoi Kalkkuna jo silmin nähden reipastuneena. – Ainha elämä niit vastoikäymisii mättää, mut niist täytyy vaa päästä yli.

– Totta puhut, Kerttu. Meidän täytyy keskustella illallisella, jatketaanko seilaamista vai mennäänkö maihin. Parasta olisi kuitenkin olla alustava suunnitelma, tehdään sitten mitä tehdään. Tulehan, mennään syömään.

– Sie oot oikees. Aivoje pittää saaha enerkiaa, jot hyö toimiit.

Illallisella sovittiin, että vietäisiin ainakin Eleonoora Lissaboniin. Vanhukset olivat jo huomanneet, että kovin pitkän tähtäimen suunnitelmia ei kannattanut tehdä, koska ne kuitenkin tuppasivat muuttumaan.

55

LUKU 4

KILPIKONNA JA MIEKKAKALA

Seuraavana aamuna eläimet heräsivät hirvittävään jyskeeseen. Alus keinahteli uhkaavasti, sängyistä noustessaan vanhukset eivät tahtoneet pysyä pystyssä, tavaroita putoili hyllyiltä ja muutenkin ilmassa oli kaaoksen tuntua. Aluksi eläimet luulivat, että myrsky oli noussut. Mutta vilkaistuaan ulos ne havaitsivat, että ilma oli mitä kaunein. Jotakin muuta tapahtui, mutta mitä?

Armoton pauke pakotti eläimet kannelle katsomaan, mitä oli tekeillä. Ja samassa hyppäsi jo ikävällä tavalla tutuksi tullut ruma Hylkiö-Hai merestä naama kammottavassa virneessä.

- Huomenta vanhusrääpäleet! Ihana ilma, eikö totta? Päätin tulla herättelemään, ettette nukkuisi pommiin näin kauniina aamuna! Otin mukaan serkkuni Vasarahain. Hän on tänään hieman leikkisällä tuulella, kuten ehkä jo ennätitte huomata. Hän tuntee aivan vastustamatonta halua paukutella laivoja. Ja varsinkin teidän laivaanne.

- Häivy, ilkimys! Ja vie tyhmä serkkusi mukanasi! kiljui Strutsi kaula suorana. - Teillä ei ole mitään oikeutta häiritä vanhoja, rauhallisia eläimiä!

- Mikäs lintu se siellä sirkuttaa? hohotteli Hylkiö-Hai pilkallisesti. - Voisimme tietenkin päästä rauhanomaiseen ratkaisuun, jos kertoisitte aarteiden sijainnin. Heti kun saamme kätköpaikan tietoomme, niin jätämme teidät rauhaan, sanoi Hai ovelasti virnuillen.

- Pitäisikö meidän muka uskoa teitä, mokomat ryökäleet? kysyi Karhu muristen vihaisena.

- Omapa on asianne, uskokaa tai olkaa uskomatta. Rauhaa ette kuitenkaan saa ennen kuin kerrotte missä aarteet ovat, sähisi Hylkiö hirveän näköisten hampaittensa välistä. - Saatte aamupäivän aikaa miettiä mitä teette. Jos emme pääse yhteisymmärrykseen, aloitamme tuhotyön. Takaan, että kukaan ei säästy, uhkasi Hai pahaenteisesti ja sukelsi tiehensä.

Eläimet vetäytyivät pikaisesti neuvottelemaan mitä nyt tehtäisiin. Vuohi ehdotti ensimmäiseksi tukevaa aamiaista. Kaikki ymmärsivät että se oli viisas ehdotus, vaikkei kellään ollut nälkä. Kun aamiainen oli katettu, Kilpikonna otti puheenvuoron.

- Rakkaat ystävät, se aloitti. - Tiedän, että nuo merten rosvot vaanivat isäni aarteita. Tiedän myös, että haitten uhkaukset on syytä ottaa todesta. Ne eivät anna periksi. Ne häiriköivät niin kauan, että saavat mitä haluavat. Pahimmassa tapauksessa ne tuhoavat laivan ja hukumme kaikki. Tai siis te, minähän olen tottunut elämään vedessäkin.

- Mutta mitä tässä voi tehdä, ihmetteli Koira neuvottoman näköisenä. - Ei meistä ole taistelemaan tuollaisten petojen kanssa.

- Se on totta, sanoi Simpanssi. - Mutta minä en haluaisi noin vain luovuttaakaan.

- Minunkin voimani ovat melko rajalliset noihin niljakkeisiin verrattuna, sanoi Karhu harmissaan. - Ja vaikkei puolisonikaan avuton ole, niin meidän voimamme eivät edes yhdessä riitä vastustamaan noin isoja eläimiä.

- Niinpä, huokaisi Vuohikin alakuloisesti. - Kaikenlaisia inhotuksia sitä maa tai pitäisikö sanoa meri päällään kantaa, se tuhisi vihaisesti harmaa parta väpättäen.

- Rosvoja vastaan mennäänkin oveluudella, sanoi silloin Kilpikonna hymyillen leveästi hampaattomalla suullaan.

- Ja mitähän ovelaa tässä sitten keksittäisiin, kysyi Karhu happamasti. Sitä harmitti suuresti, se oli tottunut olemaan vahvempi kuin muut.

- Jättäkää se minun huolekseni, vastasi Kilpikonna ja jatkoi aamiaisensa nauttimista hyväntuulisena.

Aamiaisen jälkeen Kilpikonna laskeutui hitaasti aivan laivan pohjakerrokseen ja alkoi koputtaa pohjaa isolla puunuijalla, jonka se oli ottanut keittiöstä. Aikansa koputeltuaan Kilpikonna kuuli pohjan läpi äänen.

- Kuka on pulassa? Mikä hätänä? kysyi ääni.

- Täällä on Kuningaskilpikonnan tytär, vastasi Kilpikonna. - Kuka siellä?

- Täällä on Miekkakala, vastasi ääni. - Oletko sinä tosiaan Kuningaskilpikonnan tytär? Olen kuullut tarinoita suvustanne. Siitä on hyvin kauan, kun kuningas eli.

- Se on totta, kukaan ei varmaan usko, että tytärkään on enää elossa, käkätti Kilpikonna. - Me olemme pitkäikäistä porukkaa. Mutta mitäs miekkakalasukua sinä olet?

- Kuulun läntisen merialueen miekkakalojen sukuhaaraan, vastasi Miekkakala.

- No mutta hyvänen aika! Sittenhän sinun sukusi on joskus ollut isäni palveluksessa! Tiedätkö siitä jotakin? innostui Kilpikonna.

- Niin kuin mainitsin, olen kuullut tarinoita, vastasi Miekkakala. - Mutta pitkään ovat asiat olleet toisin. Ei ole enää kuningasta, jonka palveluksessa olla. Kuninkaan pojat ja tyttäret uiskentelivat muille merille eikä tänne jäänyt ketään. Mutta uskoimme kuitenkin aina, että jonakin päivänä joku heistä tai heidän jälkeläisistään tulee vielä takaisin. Tämä on kyllä suurenmoinen kunnia saada puhua itsensä kuninkaantyttären kanssa! Palveluksessanne, arvon prinsessa! Voinko tehdä jotakin hyväksenne? Kilpikonnaa hymyilytti. Se melkein näki silmissään Miekkakalan kunnioittavan kumarruksen.

- Kyllä voit. Kuuntele tarkkaan. Hylkiö-Hai serkkuineen vaanii isäni aarteita. Hait tietävät, että minä tiedän aarteiden säilytyspaikan, eivätkä anna rauhaa ennen kuin saavat sen selville. Hait tulevat pian taas uhkailemaan ja silloin aion mennä opastamaan heidät kätkölle.

- Mitä hirveää! kuului Miekkakalan kauhistunut huudahdus. - Onko todella pakko tehdä näin radikaali ratkaisu? Eikö ole muuta keinoa?

- Ei, ikävä kyllä. Mutta Hait saavatkin huomattavasti pienemmän aarteen kuin kuvittelevat. Katsohan, ajattelin että ehkä sinä ja muutama luotettava toverisi voisitte siirtää suurimman osan aarteista turvaan uuteen paikkaan ja jättää vanhaan paikkaan sen verran tavaraa, etteivät Hait tajua huijausta. Mitä sanot? Haluatko auttaa?

- Totta kai autan! Kerro vain aarteiden sijainti, niin hoidamme homman. Hait eivät löydä ikinä niitä!

Kilpikonna ja Miekkakala kävivät vielä läpi muutamia käytännön asioita. Miekkakalan rinnassa läikähti jotakin vanhanaikaista ritarillista tunnetta sen lähtiessä suorittamaan vanhan prinsessan sille uskomaa tehtävää.

KILPIKONNAN LÄHTÖ

Hylkiö-Hai saapui puolenpäivän aikaan niin kuin oli uhkaillut. Kilpikonna kertoi muille päätöksestään lähteä näyttämään Haille aarteiden kätköpaikan. Muut eläinvanhukset vastustivat Kilpikonnan päätöstä ankarasti. Hai oli nyreissään siitä, ettei matkaan lähdetty heti. Sen oli kuitenkin tyytyminen Kilpikonnan tahtoon. Kilpikonna nimittäin halusi vielä viettää päivän ystäviensä seurassa ja illalla se olisi valmis lähtemään oppaaksi. Näin toimiessaan Kilpikonna saisi miekkakaloille lisää aikaa siirtää aarteet parempaan talteen.

Illan tultua Kilpikonna oli valmis lähtöön. Hylkiö-Hai ja Vasarahai pärskyttelivät kärsimättöminä vettä laivan vieressä ja odottivat vanhaa rouvaa. Kilpikonna halasi lämpimästi kaikkia ystäviään vuoronperään ennen lähtöään. Jopa vanhaa kinastelukumppaniaan Kalkkunaa se puristi pitkään kilpeään vasten.

- Elähä nyt tukehuta minnuu, iha henki salpaantuu, naurahti Kalkkuna mielissään Kilpikonnan elkeestä. - Kohtha myö taas nähhää.

- Pidähän sie karjalaiskalkkuna itsestäsi huoli. Ja muistakin, sanoi Kilpikonna. Kepa Helttanen näki kirkkaan kyyneleen, joka kimalsi Kilpikonnan silmänurkassa. Kalkkunalle tuli omituinen tunne, mutta se ei kyennyt erittelemään, mikä se oli.

- Alahan tulla sieltä, vanhus. Nyt ei ole enää syytä jäädä kuppaamaan, huuteli Hylkiö-Hai Kilpikonnalle merestä.

- Tullaan, tullaan. Kyllä sinä rumilus vielä ehdit varastettuja aarteitasi ihailla, tiuskaisi Kilpikonna Haille. - Aion hyvästellä ystäväni rauhassa.

- Viisi minuuttia, sitten alkaa laiva paukkua, uhkasi Hai, mutta kääntyi kuitenkin poispäin.

- No niin, ystävät, minä menen nyt, sanoi Kilpikonna hymyillen lempeästi kaikille. - Karhu, haluaisitko ystävällisesti auttaa minut laidan yli?

- En tietenkään halua, mutta onko tässä vaihtoehtoja, murahti Karhu. Se nosti vanhan rouvan kannelta, puristi sitä hetken karvaista rintaansa vasten ja heitti sitten sen veteen mahdollisimman hellävaroen. Kilpikonna huiskautti vielä kerran ystävilleen ja hävisi pinnan alle.

Eläinvanhuksilla oli hämmentynyt olo. Ne tuijottivat veden pintaa eivätkä osanneet sanoa mitään toisilleen pitkään aikaan. Sitten ne havahtuivat isoon loiskahdukseen, ja vedestä pisti esiin miekkakalan pää. Vanhukset katsoivat tätä uutta otusta ihmeissään ja vähän peloissaankin, sillä tähän mennessä merestä nousseet otukset eivät olleet olleet kovin ystävällisiä.

- Ei hätää, olen Miekkakala, sanoi eläin nopeasti huomatessaan vanhusten hieman säikähtyneet ilmeet. - Sukuni on palvellut prinsessa Kilpikonnan sukua joskus kauan sitten. Olemme täällä meressä olleet siinä uskossa, että koko suku on sammunut, sillä ketään sukuun kuuluvaa ei ole näkynyt täällä ennen kuin nyt prinsessa Kilpikonna. Tänä aamuna miekkakalayhdyskuntamme sai prinsessalta erityistehtävän ja olemme nyt suorittaneet sen.

- Minkälaise tehtävä hää teil anto? kysyi Kalkkuna, joka yleensäkin ensimmäisenä toipui yllätyksistä.

- Sitä en voi valitettavasti kertoa, mutta hyvällä asialla olemme, hymyili Miekkakala omituisen näköiselle vanhalle linnulle. - Nyt aiomme salaa seurata tovereitteni kanssa prinsessan ja noiden kelmien matkaa. Hait joutuvat tappelemaan kanssamme, mikäli aikovat vahingoittaa prinsessaa millään lailla. Näkemiin, nyt minun täytyy mennä, jotta nuo roistot eivät saa liiaksi etumatkaa.

- Näkemiin, mumisivat vanhukset yhteen ääneen. Niistä tuntui jo paljon paremmalta, kun ne tiesivät, ettei Kilpikonna ollut yksin meressä isojen petojen kanssa.

- Onnea matkaan! huusi Strutsi miekkakalan perään, kun tämä kääntyi lähteäkseen. - Ja tuokaa rouva Kilpikonna terveenä takaisin. Äkkiä Strutsin kurkkua alkoi kuristaa ja se lähti kiireesti keittiöön.

Korkealla taivaan sinessä lentää lekutteli rumannäköinen otus. Se oli niin korkealla, ettei kukaan kiinnittänyt siihen huomiota. Korppikotka El Condor Jr. oli seurannut vanhusten matkareittiä, jonka se oli saanut selville erilaisten välikäsien kautta. Ruotsalaiskartanossa tiedonsaanti oli ollut naurettavan helppoa. Korppikotka ei ollut päässyt edes kovistelemaan ketään kunnolla, sillä kartanon lampaat olivat pelästyneet jo pientä mulkaisua ja määkineet tietonsa saman tien. El Condor oli ollut suopealla tuulella eikä ollut syönyt yhtään lammasta.

Merellä se oli joutunut pitkään etsimään vanhusten laivaa ennen kuin löysi sen. Vanhusryökäleet olivat olleet ovelia ja jättäneet isot satamat väliin. Onneksi Hait olivat El Condorin vanhoja liikekumppaneita. Ne olivat pitäneet sen ajan tasalla vanhusten matkareitistä. Haihin ei kyllä ollut paljon luottamista, kelmejä mitä kelmejä. El Condor tiiraili alas merelle ja tarkensi katsettaan. Mitä kummaa? Hait menivät aivan eri suuntaan kuin vanhusten rahtilaiva. Mihin liikekumppanit häipyivät näin ratkaisevalla hetkellä? Laivahan piti tuhota. Tässä oli nyt jotakin mätää. Ei voinut olla muuta selitystä kuin että jotain tuottavampaa ja parempaa oli siellä suunnassa mihin hait olivat menossa. Korppikotka päätti valita haitten seuraamisen, vanhukset ja laivan se hoitaisi myöhemmin.

TALLISSA

Fatima ja Pattijalka olivat juuri tulleet metsästä. Syksy teki tuloaan. Hevoset olivat vieneet Herra Hirven perheelle omenoita, joista varsinkin hirvilapset olivat olleet kovin iloisia. Myös Majavaa oli käyty tervehtimässä. Majava oli näin syksyllä kiireinen, kaikenlaisia rakennus- ja patoprojekteja piti saada tehdyksi. Yleensä koko majavaperhe osallistui puiden kaatamis- ja jyrsimistöihin.

Hevoset viettivät iltaa tunnelmallisessa tallissaan. Niiden onni olisi ollut täydellinen, jos vielä ystävät olisivat olleet läsnä. Tallin ylisillä nuokkuivat Pirjo ja Paavo Pulu. Paavo oli jo täysin toipunut Korppikotkan hyökkäyksestä ja lenteli kuten ennenkin. Linnut kuuntelivat uneliaasti hevosten juttelua.

- Kultaseni, ystävistämme ei ole kuulunut mitään aikoihin, sanoi Fatima Pattijalalle ja huokaisi.

- Niin kaunokaiseni, ei ole, ei, vastasi Pattijalka. - Siitä on jo aikaa kun Pirjo Pulu tuli kotiin. Ei kai auta kuin odotella. Tietäisinpä että kaikki on hyvin, olisi niin paljon kevyempi olla.

- Niin olisi, sanoi Fatima surumielisesti. - Tuntuu ettei osaa oikein ryhtyä mihinkään kun ystävät puuttuvat.

Uneliaisuus karisi Pirjon ja Paavon silmistä. Ne katsoivat toisiaan ja sitten ne puuttuivat hevosten keskusteluun.

- Helpottaisiko teitä yhtään, jos jompikumpi meistä lähtisi tiedusteluretkelle? kysyi Pirjo hevospariskunnalta. - Minä tiedän matkareitin, ainakin suurin piirtein.

- Kyllä minäkin voin lähteä, mennään vaikka Pirjon kanssa yhdessä, sanoi Paavo.

- Voi teitä pulusia, sanoi Fatima iloissaan. - Voisitteko tosiaan?

- No voidaan, voidaan, sanoi Pirjo.

- Kaipaan jo liikuntaa, kun olen lepäillyt niin pitkään. Siivet alkavat surkastuvat käytön puutteesta, sanoi Paavo innostuen. - Huomenna heti lähdetään, vai mitä puluseni?

- Kyllä vaan, minäkin haluan tietää, onko vanhuksilla on kaikki hyvin, vastasi Pirjo.

Seuraavana aamuna linnut lähtivät matkaan hevosten iloisten vilkutusten saattelemana. Mukanaan niillä oli kirje. Kirjeessä kerrottiin loppusuoralla olevasta remontista, tiedusteltiin vanhusten vointia sekä tietenkin toivottiin pikaista näkemistä.

NÄKEMIIN, VANHA YSTÄVÄ

Kilpikonna uiskenteli kiireettömästi eteenpäin. Sen mieli oli kirkas ja tyyni. Vanha rouva tiesi, että takana ui Hylkiö-Hai serkkunsa Vasarahain kanssa. Kilpikonna ei antanut häiritä, vaikka Hait huokailivat mielenosoituksellisen kuuluvasti sen hidasta liikkumista. Kyllä nuo limanuljaskat ehtisivät vähemmälläkin kiireellä hänen isänsä rikkauksia ryöväämään, Kilpikonna ajatteli. Tai sen pienen osan rikkauksia, jotka miekkakalat olivat Haille hämäykseksi jättäneet. Kilpikonnaa oikein nauratti.

- Mitäs mummo siellä hihittelee? Alahan kertoa, niin mekin saadaan nauraa, sähähti Hylkiö-Hai pahantuulisena.

- Eipä tässä mitään erityistä, meren näkymät ovat vain niin mahtavat, että oikein naurattaa, vastasi Kilpikonna itsekseen hykerrellen.

- Vai niin, tätähän näkee joka päivä, mitä hienoa tässä muka on? ihmetteli Vasarahai.

- Äh, ole hiljaa, senkin nuija, tiuskaisi Hylkiö-Hai kumppanilleen. Sitä rasitti Vasarahain tyhmyys. Serkun vasarointitaidot olivat kuitenkin joskus tarpeen liiketoimia hoideltaessa ja siksi serkkua oli vain jaksettava.

- No ollaan sitten, vastasi Vasarahai loukkaantuneena. Se päätti itsekseen, että keikka olisi viimeinen, jonka se Hylkiö-Hain kanssa tekisi.

Aikansa uituaan Kilpikonna näki edessään luolan tapaisen rakennelman. Kilpikonna alkoi miettiä ankarasti. Se oli aivan varmasti joskus aikaisemminkin nähnyt sellaisen. Sitten sillä välähti. Sehän oli merenalainen ansa isoille petokaloille. Tuollaisilla niitä pyydystettiin ja vietiin ihmisten ihmeteltäviksi erilaisiin akvaarioihin.

Ikäänsä nähden vanhan rouvan päässä syntyi harvinaisen sukkelasti suunnitelma. Jos Kilpikonna saisi houkutelluksi hait ansan suulle, niin sen jälkeen niillä ei olisi sieltä paluuta. Kilpikonna vain toivoi, etteivät hait pakottaisi sitä itseään menemään ensin. Mutta ehkä ahneus voittaisi, siihen oli luotettava, tuumi Kilpikonna ja kääntyi haiden puoleen.

- No niin, hyvät herrat, olemme perillä. Tuossa luolassa ovat isäni aarteet, se sanoi osoitellen luolaan päin ja jäi paikoilleen kuin tietä antaakseen. Ja aivan niin kuin Kilpikonna oli arvannut, ahneet tyhmyrit syöksyivät sutena sen ohi suoraan ansaan. Kun hait huomasivat mitä oli tapahtunut, oli jo myöhäistä. Ne irvistelivät hirveän näköisinä ja pyristelivät vastaan minkä taisivat, mutta turhaan. Kaikkein viimeisimmäksi hait kuulivat Kilpikonnan vahingoniloisen naurunkäkätyksen joutuessaan yhä syvemmälle ansaan.

Miekkakalapartio ui Kilpikonnan luo ja partion johtaja tarkisti tilanteen. Kaikki oli hyvin ja miekkakalat onnittelivat vanhaa prinsessaa uljaalta toiminnasta. Vihdoinkin oli päästy noista merta kauan terrorisoineista rosvoista, ja aarteet saivat olla rauhassa.

- Nythän voimme palata takaisin laivalle, prinsessa? tiedusteli Miekkakala helpottuneena Kilpikonnalta.

- Hyvä uskollinen ystäväni, vastasi Kilpikonna, minä en enää palaa laivalle.

- Mutta miksi? hämmästeli Miekkakala. - Sinun ystäväsihän ovat siellä.

- On minulla ystäviä täällä meressäkin, sanoi Kilpikonna hymyillen lämpimästi miekkakaloille. - Viime päivinä olen tuntenut voimakkaan kutsun lähteä uimaan sinne, missä isäni ja hänen isänsäkin ovat. Minun on nyt aika lähteä. Näkemiin, rakkaat ystävät. Teitte tänään minulle suuren palveluksen. Ottakaa kiitokseksi osa aarteista ja jakakaa loput aina tilanteen mukaan niitä tarvitseville. Luotan teihin ja oikeudenmukaisuuteenne. Käy sinä, Miekkakala, vielä rahtilaivalla ja vie ystävilleni terveiset, että minulla on kaikki hyvin. Jokaisella on aikansa ja paikkansa, ja minun aikani on nyt täyttynyt, lopetti Kilpikonna ja hymyili kaikille.

- Miekkakalat, kunniakujaan! huudahti silloin Miekkakala tovereilleen. Kalat nostivat miekkansa ylös ja tekivät vanhalle merten prinsessalle kunniakujan. Sitä pitkin lähti Kilpikonna hitaasti ja arvokkaasti uimaan esivanhempiensa luokse.

VANHOJA MUISTOJA JA UUSIA TUULIA

Miekkakala ui rahtilaivalle ja kertoi Haiden kohtalosta ja Kilpikonnasta. Vanhukset olivat surullisia Kilpikonnan lähdöstä. Miekkakala pyydettiin seuraavana päivänä vieraaksi laivaan viettämään Kilpikonnan muistojuhlaa. Miekkakala tuli ja toi tullessaan rasiallisen kauniita ja kallisarvoisia esineitä, jotka olivat kuuluneet Kilpikonnan suvulle. Vanha prinsessa olisi itsekin halunnut jakaa nämä lahjat pitkäaikaisille ystävilleen, väitti Miekkakala.

- Sussiunakkoo, mitä ihmettä myö näil tehhää, päivitteli Kalkkuna. - Paanks mie nää helmet kaulaa vai pyrstöö vai koristelenks mie helttain näil helyil? se jatkoi naureskellen.

- Kävely on hieman hankalaa sormukset tassuissa, hekotteli Koira Tasakäpäläkin tepsutellen ympäriinsä tassut kolisten sormusten painosta.

- Teillä on sentään kaulat tai tassut, mihin ripustaa koruja, naurahti Miekkakala. - Mutta entäs minä? Samaa päätä ja häntää koko kala. Pyydän muuten huomauttaa, että helyjä nämä esineet eivät suinkaan ole, vaan aitoja kalleuksia, kultaa, helmiä ja timantteja.

- Minulle nämä istuvat parhaiten, eikö totta? hihitteli Simpanssi ihastuksissaan kaunis tiara päässään ja korvissaan painavat kultaiset renkaat. - Minähän olen melkein ihminen.

- Pukisiko minunkin sarviani pari komeaa sormusta? virnisti yleensä niin hillitty Vuohikin.

- Vakavasti puhuen - keskustelimme muiden miekkakalojen kanssa, että voitte joskus tarvita näitä rikkauksia. Teillä on pitkä kotimatka ja ties mitä kaikkea vielä edessä. Ja jos ette matkalla tarvitse kalleuksia, niin on niistä kotona vanhuudenturvaa, sanoi Miekkakala.

- Kiitos, hyvä ystävä, sanoi Strutsi liikuttuneena. - Minä pidän huolen siitä, ettei vanhuksilta puutu mitään.

- Niin minäkin, murahti Karhu ääni särähtäen.

- Kyl miu pittää sannoo nyt suoraa, et miu käsitys prinsessoist on olt tähä asti erilaine. Miu mielest prinsessat on nuorii ja kauniit eikä rouva Kilpikonna ollu kumpaakaa. Ehä mie nyt sitä, et hää nii rumakaa ois olt, mut ei hää kyl prinsessalt näyttänt, puheli Kepa Helttanen.

- Ei kukaan pysy kauniina ja nuorena, jos vanhaksi elää, filosofoi Koira.

- Tiedetään, tiedetään, hymisivät vanhukset yksimielisesti.

Eläimet muistelivat pitkään ystäväänsä Kilpikonnaa. Välillä naurettiin kyyneleet silmissä Kilpikonnan sutkautuksille ja ajoittain äreälle luonteelle, välillä kyynelehdittiin ikävästä ja kaipauksesta. Ennen kaikkea muisteltiin lämmöllä Kilpikonnan urotekoja, joita ilman vanhukset olisivat olleet pulassa useammin kuin kerran. Jossakin vaiheessa Strutsi tuli miettineeksi, kuinka saisi viestin tapahtumista Fatimalle ja Pattijalalle. Asia ratkesi kuin itsestään parin päivän päästä, kun tuttu kirjekyyhkypariskunta löysi laivan ja laskeutui sen kannelle.

Laskeutumisen näki myös ruma, kaljupäinen ja kiiluvasilmäinen korppikotka, joka oli päiväkausia kierrellyt lähistöllä. Sille oli jo kätyreidensä, Hylkiö-Hain tovereiden, kautta selvinnyt meren viimeaikaiset tapahtumat. Aarteet – tai osuus niistä - olivat menneet Korppikotkalta ohi suun ja se oli raivoissaan. Se oli nähnyt miekkakalojen vievän jotakin laivaan ja se ottaisi selvää, mitä. Jos miekkakalat olivat vieneet rahtialukselle aarteita, niin Korppikotka kaappaisi ne itselleen. Sitä oli vedätetty niin paljon viime aikoina, että alkoi olla korkea aika maksaa kärsityt vääryydet takaisin. El Condor tärisi pidätetystä raivosta.

Nyt kun Korppikotka taas tiesi laivan sijainnin, se päätti mennä lä-
himmälle rannikolle lepäämään ja syömään raatoja mahansa täyteen,
jotta se jaksaisi toteuttaa inhottavat suunnitelmansa. Tyhjin vatsoin ja
väsyneenä ei päästäisi tavoitteisiin. El Condor Jr. hymyili häijysti itsek-
seen. Kostaminen oli kovaa ja raskasta hommaa, siinä paloi helposti
kalori jos toinenkin.

LUKU 5

LISSABON KUTSUU

Kilpikonnan muistojuhlan jälkeen otettiin kurssi kohti Lissabonia.
Eleonoora oli riemuissaan. Vihdoinkin se näkisi rakkaan kotikaupun-
kinsa! Ah, ne kapeat kujat ja kalakauppiaat. Ja siunattu lämpö. Se is-
tui päivät pitkät kannella ja nosti välillä sievän nenänsä haistelemaan,
joko tuuli toisi tuttuja tuoksuja rannikolta.

Tänään oli Simpanssin vuoro olla ruorissa. Simpanssia hellytti kat-
sella Kissaa. Tuntuu varmaan oudolta mennä monen vuoden jälkeen
kotiinsa, kun ei yhtään tiedä mikä perillä odottaa, Simpanssi ajatte-
li. Se oli nähnyt Kissan epätietoisen ilmeen silloin kun Kissa ei tiennyt
olevansa tarkkailun alaisena. Vaikka Eleonoora esitti rohkeaa ja itse-
varmaa, niin tosiasiassa sillä ei ollut hajuakaan siitä, mihin se maihin
päästyään menisi.

Oli Simpanssikin matkustellut maailmalla Le Circuksen mukana,
mutta aina oli ollut ystäviä ympärillä, yleensä koko sirkuksen väki. Ele-
onoora oli aivan yksin.

- Kyllä sinullekin paikka löytyy, älä huolehdi, Simpanssilta lipsahti vahingossa ääneen, vaikkei sen tarkoitus ollut pukea ajatuksiaan sanoiksi.

- En minä mitään huolehdi. Kyllä me kissat aina pärjäämme, Eleonoora sanoi ylväästi, muttei katsonut Simpanssia. - Minulla on Lissabonissa nurkat mustanaan sukulaisia, jahka vain löydän heidät.

- Voin auttaa sinua heidän etsimisessään, jos haluat, virkkoi Simpanssi ystävällisesti. - Olen itsekin kierrellyt maailmalla ja tiedän, että olosuhteet saattavat muuttua paljonkin ihan muutamassa vuodessa.

- Niin, mistä minä oikeastaan tiedän, onko Lissabonissa enää yhtään sukulaistani tai tuttuani. Kissan ääni oli epävarma ja sen ryhti hieman lysähti sen vilkaistessa Simpanssia. Oliko ollut hullua haluta takaisin vanhaan kotikaupunkiin? Jos vaikka koko kaupunki oli muuttunut? Kissa mietti hiljaa itsekseen eikä tuntenut itseään ollenkaan rohkeaksi.

- Kyllä me joku sinun sukulaisesi tai tuttavasi löydetään, rohkaisi Simpanssi ja taputti Eleonooraa isällisesti hartioille ja veti sen kainaloonsa ruorin ääreen.

- Voithan sinä tulla mukaani ja muutkin, jos haluavat, sanoi Kissa ja käänsi katseensa taas horisonttiin. Simpanssi oli kuitenkin ehtinyt nähdä kiitollisen pilkahduksen sen vihreissä silmissä.

Parin päivän kuluttua rantauduttiin Lissabonin satamaan. Kissa loikkasi ensimmäisenä satamalaiturille, venytteli ja jäi katselemaan ympärilleen odotellessaan muita eläimiä. Se yritti peitellä kärsimättömyyttään ja muistaa, että oli itse huomattavasti nuorempi ja nopeampi kuin muut. Jos se tahtoisi seuraa kaupungille, niin olisi parempi odotella. Ja mihin sillä kiire oli? Ei ollut kotia eikä muutakaan. Satama näytti yllättävän samanlaiselta kuin joskus vuosia sitten. Ja nopeasti tarkasteltuna sataman liepeillä oleva ja vuorisille rinteille jatkuva kaupunki näytti olevan ennallaan. Kukaties tästä vielä tulisi uudestaan hänen kotinsa.

Eläinvanhukset, Strutsi, Karhu ja rotat olivat kömpineet laivasta laiturille. Kaikista oli mukavaa tuntea pitkästä aikaa tukeva maaperä jalkojensa alla. Ilma oli lämmin ja kaunis, iloista puheensorinaa kuului ympärillä, ihmiset ja eläimet näyttivät tyytyväisiltä ja hyvinvoivilta. Matkustavaiset päättivät tehdä kaupunkikierroksen, ne kävelisivät niin kauan kuin jaksaisivat ja menisivät sitten syömään. Eläimet kiertelivät vanhoja kaupunginosia, kiipesivät korkealle linnoitukselle, josta näki melkein koko kaupungin kerralla ja ajelivat hauskalla keltaisella raitiovaunulla pitkin kapeita kujia.

Eleonoora oli ihastuksissaan. Nyt se huomasi, kuinka paljon se oli ikävöinyt vanhaa kotikaupunkiaan eikä se vaivautunut salaamaan liikutuksen kyyneleitään nähdessään tuttuja rakennuksia, katuja ja kujia. Kissan luontainen ylpeys oli hetkeksi haihtunut kuin taivaan tuuliin ja se ahmi itseensä Lissabonin näkymiä, ääniä ja tuoksuja. Eleonoora oli onnellinen.

Nälälle oli jossakin vaiheessa kaupunkikierrosta annettava periksi. Eläimet menivät pieneen ravintolaan syömään paistettuja sardiineja, salaattia ja perunoita. Palvelu oli loistavaa ja tunnelma kahvin saapuessa huipussaan.

- Täytyy myöntää, että harvoin tsaarin laivassakaan sai näin hyvää ruokaa, ähisi Vuohi hillitysti taputellen täyttä mahaansa.

- Näin on, veliseni, aitoja ja alkuperäisiä makuja, ähki Koira siemaillessaan jälkiruoaksi juuri tuotua espressoa.

- Emmiekää muista näi hyvi syönein aikoihi, ylisti Kepa Helttanenkin lounasta.

Rotat yrittivät silmät kiiluen selvittää ruokien valmistustapoja, jotta pystyisivät samaan kotona vanhainkodissa. Strutsi ja Karhu nojailivat toisiinsa puoliunessa, Simpanssi ei pystynyt edes puhumaan. Kissa oli selvästi mielissään kotikaupunkinsa herkkujen tekemästä vaikutuksesta.

- Illalla menemme johonkin Lissabonin lukuisista kuppiloista kuuntelemaan paikallista fado-musiikkia, ilmoitti Eleonoora. - On hyvin suosittua täällä, että ystävät menevät keskenään syömään ja kuuntelemaan musiikkia. Fado merkitsee kohtaloa tai jotain sen tapaista.

- Täl hetkel miun on vaikee kuvitella, et mie ikinä ennää jaksasi syyvä yhtikäs mittää, siunaili Kalkkuna vatsaansa pidellen. - Mut kokemus on osottant et nälkä tullee säännöllisest. Nii et kyl se miul passaa.

- Mennään ihmeessä, mörähti Karhu havahtuen lievästä horroksestaan. - Tässä kun vielä kierrellään kaupunkia, niin kyllä illalla taas ruoka maittaa, luulen. Karhu vilkaisi kysyvästi puolisoaan, mutta Strutsi kuorsasi vienosti sen olkapäätä vasten eikä tiennyt maailman menosta mitään.

Ennen iltaa vanhukset kiertelivät vielä katsomassa hienoja luostareita ja museoita sekä kauppoja, joissa myytiin kauniita saviastioita. Ja myöhään illalla eläimet menivät pieneen tunnelmalliseen fado-ravintolaan syömään ja kuuntelemaan musiikkia. Musiikki oli varsinkin Vuohen mielestä oikein kaunista. Se päätti ystävänsä Tasakäpälän kanssa seuraavana päivänä mennä musiikkikauppaan ostamaan portugalilaisen kitaran kotiin viemisiksi. Siinä oli kiva ääni ja se olisi mukava lisä The New Animalsin instrumenttivalikoimaan.

KISSAN KOHTALO

Seuraavakin päivä meni nähtävyyksiä katsellessa, sillä Lissabon oli valtavan kokoinen kaupunki. Illalla mentiin Fado Gato -nimiseen ravintolaan. Muutkin eläimet kuin Vuohi kuuntelivat fadoa mielellään, tässä paikallisessa musiikissa oli jotakin samaa kaihoa kuin kotimaan sävelissä. Tänään esiintyi paikallinen kuuluisuus Juan Gato, joka oli myös Fado Gaton omistaja. Vanhukset söivät maittavaa illallista, ja välillä kuunneltiin hienoja esityksiä. Loppuillasta paikalle saapasteli itse Juan Gato, portugalilaisten fadolaulajien lyömätön kuningas. Se mou-

rusi niin tunteikkaasti, ettei yksikään silmä ravintolassa pysynyt kuivana. Varsinkin Eleonoora oli aivan pakahtua kaihon tunteeseensa ja itki monta nenäliinaa läpimäräksi.

Sen huomasi myös Juan Gato, joka tuli väliajalla tervehtimään pöytäseuruetta, jota se ei ollut aikaisemmin nähnyt.

- Voi kiitos nyt siul oikei paljo! Mie oon aatelt, ettei muual osata laulaa ko Karjalas, mut osataa sitä näköjää muualkii. Kyl tää ol nii hienoo, ettei paremmast vällii, niiskutti Kalkkuna ja pyyhkäisi nokkaansa.

- Kiitos, rouva, sanoi Juan Gato ja kumarsi Kalkkunalle kohteliaasti. Sen katse oli kuitenkin nauliutunut kauniiseen Eleonooraan, joka punasteli hiukan, mutta piti silti päänsä ylväästi koholla ja oli katselevinaan muualle. - Entä te neiti, pidittekö esityksestä? Juan Gato kysyi katsoen tiiviisti Eleonooraa.

- Kyllä pidin, kiitos kysymästä, vastasi Eleonoora ja ojensi hurmaavasti tassunsa Juan Gatolle. Eleonoora oli ensin ajatellut esittää vaikeasti saavutettavaa, mutta muuttanut sitten mielensä. Mitä turhia, ei tässä enää ihan nuoria oltu. Jos Juan Gaton tapainen mahtava kolli osoitti kiinnostusta, niin ei kannattanut kursailla. Ja laulaakin se osasi.

- Saanko esittää seuraavan lauluni teille, kaunis neiti? kysyi Juan Gato pidellen Eleonooran tassusta kiinni ja katsoen kissaneitoa syvälle silmiin. - Sen nimi on "Oon vihdoin löytänyt kaipaukselliin kohteen". Oma sävellykseni, muuten.

- No tietenki sie esität, ala mennä jo! kiirehti Kalkkuna solkottamaan. Se pelkäsi, että Eleonoora alkaisi turhaan nirsoilla ja menisi hyvä kolli ohi suun. - Ja tähä siul on kaipauksellies kohdekkii, tää Eleonoora. Kissaneito näytti hetken närkästyneeltä Kalkkunan puuttumisesta asioiden kulkuun. Sitten se ajatteli, että olkoon, ehkä kohtalo oli näin päättänyt.

Niin Juan Gato esitti Eleonooralle itse säveltämänsä laulun ja vielä monta muutakin. Esityksen päätyttyä, raikuvien aplodien saattelemana Juan Gato tuli istumaan ja juttelemaan eläinten pöytään. Eläimiä hymyilytti, sillä Juan Gato näytti osoittavan puheensa pelkästään Eleonooralle. Juan kertoili itsestään, lapsuudestaan ja nuoruudestaan. Kolli oli jäänyt leskeksi muutama vuosi sitten ja ravintolan hoitaminen yksin oli alkanut tuntua raskaalta.

- Ota sie tää Eleonoora tän töihi, hää on olt oikei laivakissankii, kyl hää ossaa yhtä ja toista. Ja mie oon kuult ko hää laulaa, nii kaunis altto et harvo kuulee, Kalkkuna höplötti innoissaan. Eleonoora purskahti nauramaan, jopa hänellä oli puolestapuhuja. Muutkin eläimet alkoivat nauraa Kepa Helttasen touhotusta. Mutta Juan Gaton silmissä välähti innostus.

- Niin, Eleonoora. Saanhan sanoa Eleonoora? Harvinaisen kaunis nimi sinulla. Mitä itse olet mieltä tästä ystäväsi ehdotuksesta? Kiinnostaisiko sinua tulla ravintolaani töihin ja laulamaan?

- Kyllä minä tulen oikein mielelläni, sanoi Kissa vilpittömästi. - Olin monta vuotta pois Lissabonista enkä nyt takaisin tullessani tiennyt ollenkaan mihin mennä ja mitä tehdä. Otan tarjouksen mielihyvin vastaan.

- Hienoa! Asia on sitten sovittu! José, tuo pöytään talon parasta punaviiniä, nyt juhlitaan, huikkasi Juan Gato onnessaan tarjoilijalle. - Eleonoora, tule laulamaan kanssani, pyysi Juan. Ja niin kissat menivät yhdessä laulamaan kauniin dueton. Eläimet katsoivat iloisina esitystä ja tunsivat, että tästä tulisi paljon enemmän kuin työsuhde.

Viiniä juotiin monta pulloa, laulettiin ja tanssittiin. Ja taisi siinä olla kissojen pikakihlajaisetkin, mikäli oikein muistettiin. Vasta aamutunteita eläimet palasivat laivaan nukkumaan ja niiden herätessä aurinko oli jo korkealla. Eleonoora ja Juan Gato tulivat vielä ennen laivan lähtöä ystäviään tervehtimään. Juan sai maistaa rottakokkien tekemiä herkkuja lounaaksi ja muutama resepti ehti vaihtaa omistajaa ennen kuin lähdön hetki koitti. Kaikki hyvästelivät haikeina toisensa, sillä vanhojen eläimien ollessa kyseessä ei voi koskaan tietää, mikä kohtaaminen on se viimeinen. Vanhukset olivat mielissään siitä, että Eleonoora oli löytänyt paikkansa vanhassa kotikaupungissaan. Vilkutellessaan laiturilla Juan Gaton kanssa Eleonoora oli varma, että Simpanssi iski sille silmää.

VÄLIMEREN VÄLKKEESEEN KÄY TIE

Merellä seilattiin monta päivää. Eläimet viihdyttivät itseään ja toisiaan eri tavoin. Soittimet kaivettiin esiin ja soiteltiin, milloin oli tarpeeksi tyyntä. Rotat heittelivät koripalloennätyksiä ja kärrynpyöriä sekä kokeilivat saamiaan portugalilaisruokien reseptejä. Simpanssi esitti niitä sirkustemppuja, joihin sen kroppa vielä taipui. Vanhukset torkkuivat kannella, lueskelivat tai tarinoivat keskenään. Muisteltiin joukosta pois lähteneitä ja kaikkea, mitä oli yhdessä nähty ja koettu. Silloin tällöin otettiin rommitynnyristä naukut, ihan vain lääkkeeksi ja virkistykseksi. Ruorivuoroista alkoi olla kilpailu, koska ruoria käännellessä tunsi sentään tekevänsä jotakin.

Sitten eräänä päivänä vanhukset saapuivat sinne minne oli tarkoituskin tulla, Gibraltarinsalmeen. Eläimet tiesivät, että kun salmi olisi seilattu läpi, oltaisiin Välimerellä. Vanhukset olivat lukeneet matkakohteista, joita ihana Välimeri oli pullollaan. Oli Espanjaa, Algeriaa, Italiaa, Kreikkaa ja vaikka mitä. Vanha tuttu korviahuumaava meteli oli yltymässä, kun kaikki toivat esiin toivomuksiaan ja mielihalujaan. Strutsi piteli päätään ja Karhu hörähteli ääneen.

- Otetaan yksi kerrallaan, huudahti Strutsi. - Muuten ei kukaan kuule yhtään mitään.

- Aloita sinä, Tasakäpälä, sanoi Karhu. - Mihin haluaisit mennä?

- Minusta olisi mielenkiintoista mennä käymään Algeriassa. Ihan vaan sen vuoksi, että siellä on niin tyystin erilaista kuin meillä, intoili Koira.

- Niin, kulttuuritietämys kasvaa nimenomaan käymällä vieraissa kulttuureissa, nyökytteli Vuohi viisaasti.

- Mie kyl eppäile, et siel on valtavast hiekkaa, emmie sinne halluu, kotkotti Kalkkuna. - Mie halluun Kreikkaa, siel on terveellist ruokaa ja elämää. Tai sit Italiaa, se jatkoi.

- Mennään niihin kaikkiin, niin ei tarvitse kinastella, ehdotti Simpanssi.

- Mahdetaanko joka paikkaan keretä, aprikoi Strutsi. - Olemme olleet jo matkalla aika kauan. Luulen, että vanhainkodin remontti on jo loppusuoralla.

- Mehän otamme siitä nopeasti selvää, vai mitä puluseni? sanoi Paavo Pirjolle. - Tässä on lojuttu jo ihan tarpeeksi, voisimme lähteä katsomaan tilannetta.

- Totta kai, lähdetään vaikka heti, vastasi Pirjo Pulu.

- No, älkää nyt hätäilkö, nauroi Strutsi. - Ei tässä nyt jäniksen selässä olla. Yritetään ensin selvittää matkareitti suurin piirtein, niin tiedätte missä olemme kun tulette takaisin. - Siihen voi mennä aikaa, se huokaisi merkitsevästi linnuille huomatessaan metakan taas yltyneen.

Mutta niin kuin yleensä, asiat saatiin järjestykseen ja kaikki olivat suunnilleen tyytyväisiä. Vuohi ilmoitti jonkin ajan kuluttua, että he lähtisivät mielellään alkajaisiksi Algeriaan.

Laskeuduttiin erääseen Algerian satamakaupunkiin. Eläimet olivat jälleen iloisia siitä, että ne seisoivat tukevalla maankamaralla, koska se oli niille ominaisinta. Vuohi oli kertonut matkalla, ettei eläimiä oltu yleensä pidetty laivoilla kuin tiettyä tarkoitusta varten. Pitkillä matkoilla niistä tehtiin ihmisille ruokaa. Nooan arkissa aikojen alussa sitä vastoin oli ollut enemmän eläimiä kuin ihmisiä. Nooa oli ihminen, joka oli pelastanut eläimiä pareittain omatekoiseen laivaansa vedenpaisumuksen keskeltä, jotta ne eivät kuolisi sukupuuttoon. Eläinvanhukset olivat kuunnelleet ja katselleet Vuohta epäluuloisesti, mutta eivät voineet kiistääkään tarinaa. Sitä paitsi Vuohi yleensä tiesi mistä puhui.

Elämä Algeriassa oli tosiaan hyvin toisenlaista kuin kotona. Kaduilla oli paljon ihmisiä huivit päässään ja monella miehellä oli mekon tapainen kauhtana päällään. Myyjät tulivat ihan liki ja huusivat kovalla äänellä turisteja ostamaan kaikenlaista tavaraa, mitä oli tarjolla. Kissoja ja koiria juoksenteli vapaina pitkin kujia eivätkä ne näyttäneet kuuluvan kenellekään. Ruokaa ja hedelmiä myytiin kojuissa, aurinko paahtoi ja meteli täytti ilman.

- Täälhä onkii puheliait ihmisii, ilahtui Kalkkuna. - Toivottavast elläimet on sammaa sorttia. Tuol on tori, käyvää kahtomas mitä siel myyvää!

- Nyt meidän on kyllä syytä pysytellä näköetäisyydellä toisistamme, alkoi Strutsi tapojensa mukaan huolehtia. - Tähän ihmis- ja eläinpaljouteen voi helposti hukkua ja sitten kukaan ei tiedä, mistä toisensa löytää.

- Otetaan tuo torinreuna kohtauspaikaksi, ehdotti Karhu. - Sinne tullaan, jos eksytään, ja odotellaan muita.

- Hyvä idea, huutelivat vanhukset yhteen ääneen.

- Lähteeks kukkaa miu mukkaa torille, siel näyttäs oleva myyjäiset? kyseli Kalkkuna.

- Minä voin lähteä, sanoi Simpanssi ja niin kaksikko häipyi ihmis- ja eläinvilinään.

VANHA KAMELI

Kalkkuna ja Simpanssi suunnistivat torille, muut jäivät vielä pohti-maan, mihin menisivät. Oli kuitenkin sovittu, että viimeistään parin tunnin kuluttua nähtäisiin torin reunalla. Kalkkuna ja Simpanssi näki-vät torille saapuessaan, että menossa oli kamelimyyjäiset. Erikokoisia ja -ikäisiä kameleita oli kaupan.

- Ostakaa hyviä kameleita! Ostakaa hyviä kameleita! kailotti huivi-päinen kauppias keskellä toria. - Näin hyviä kameleita näin halvalla ette saa mistään! Lyökää rahat pöytään ja olette onnellisia kamelin-omistajia! Kamelia löytyy joka lähtöön! On nuorta ja vanhaa, työkamelia ja pihvikamelia, ostakaa, ostakaa! Ihmisiä alkoi kerääntyä sankoin joukoin seuraamaan kamelihuutokauppaa.

- Mennää nyt myökii lähemmäs, touhusi Kalkkuna. - Mie halluun nähä paremmi.

Simpanssi raivasi miehekkäästi tilaa Kepa Helttaselle, jotta tämä pääsi paremmalle paikalle seuraamaan kaupantekoa. Kameleilla olikin yllättävän hyvä menekki, lopulta jäljelle jäi vain yksi. Se oli vanha ja kurjan näköinen ja kyttyrätkin sen selässä olivat rysähtäneet. Kukaan ei halunnut sitä.

- Mitä kummaa? Eikö kukaan halua tätä jalomuotoista eläintä? Edes pihviksi? huuteli kamelimyyjä. Kukaan ei innostunut. - Täytynee sitten viedä erämaahan, menköön kameleiden hautuumaalle, harmitteli myyjä puoliääneen jupisten ja alkoi koota tavaroitaan. Ihmiset hajaantuivat omille teilleen.

- Voi herraisä, ei kai tuolviisii voi vanhalle kamelille tehdä? kauhisteli Kalkkuna Simpanssille.

- Kyllä sitä varmaan täällä voi, vastasi Simpanssi hämmentyneenä. - Joka paikassa on omat tapansa.

- Mie en hyväksy tätä, kotkotti Kepa. - Mie ostan sen.

- Milläs sinä sen ostat? kysyi Simpanssi hämmästyneenä.

- Tällä mie aattelin sen ostaa, sanoi Kalkkuna ja vilautti Simpanssille sulkiensa suojassa olevaa timanttisormusta. - Mie oon kuljettant tätä mukanain siit asti ko aarteit jaettii. Mie ostan tuon kamelin, koska mie en ala kahtomaa, ko vanhus pannaa yksi erämaaha kävelemmää ja kuolemaa. Tuokii kameli on taatust rehkint montakymment vuotta, ja täs sit on kiitos, puhisi Kalkkuna kiukuissaan.

- Mutta mitäs me sen kanssa tehdään? ihmetteli Simpanssi.

- Viijää kottii, hymyili Kalkkuna.

Niin Kalkkuna osti lievällä ylihinnalla kamelin. Kauppias oli niin rie-
muissaan hyvästä kaupasta, että antoi vielä kylkiäisiksi hienoja loimia,
itämaisia mattoja ja kalliita eksoottisia mausteita sekä kamelinruo-
kaa monta tynnyriä. Muut eläimet tarvittiin apuun, jotta kaikki tavarat
saatiin viedyksi laivaan. Kamelista itsestään ei ollut paljon apua, sillä
se oli selvästi ruoan ja levon tarpeessa. Pari seuraavaa päivää se vietti-
kin laivassa syöden ja lepäillen eläinvanhusten kierrellessä kaupunkia
ja ihmetellessä itämaista elämää.

Ravinnon ja levon ansiosta kameli alkoi virkistyä. Sen kyttyrätkin oi-
kenivat ja masentuneeseen olemukseen tuli ryhtiä. Sille alkoi valje-
ta, että se oli päässyt ystävällisten eläinten mukaan. Se liittyi ilomie-
lin joukkoon.

KAMELI KERTOO

Algerian rannikko jäi taakse. Kameli oli jo kohtalaisen pirteässä kun-
nossa, vaikka sillä arvattavasti oli haikea mieli. Olihan se koko ikänsä
asunut täällä ja nyt se oli menossa täysin uuteen paikkaan, josta se ei
tiennyt mitään. Kalkkuna ymmärsi sitä paremmin kuin hyvin. Niinpä
se aloitti keskustelun uuden ystävänsä kanssa.

- Kyl siul on sit pitkät ripset, oikee katteeks käy, Kalkkuna ihasteli. -
Mikäs siun nimi on? Mie oon Kepa Helttanen, saa sannoo Kepaks nii-
ko muutkii tekkee.

- Anteeksi, en ole todellakaan tainnut vielä esittäytyä, olen ollut vä-
hän huonossa kunnossa, sanoi Kameli anteeksipyytävästi. - Minun ni-
meni on Camille. Ja nämä ripseni ovat pitkät ja tuuheat sen vuoksi,
että silloin tällöin aavikolla riehuva myrsky puhaltaisi muuten hiekat
silmille. Kiitos siitä, että ostit minut. Muussa tapauksessa olisin joutu-

nut erämaahan kuolemaan. Vaikka silloin olin niin kurjassa kunnossa, että tuskin olisin edes tajunnut sitä.

- Ei kestä kiittää, onneks sattu sormus mukkaa, hihitteli Kalkkuna. - Mut mite sie sinne torille jouvuit?

- Viimeisin omistajani oli ranskalainen diplomaattiperhe, joka antoi minut pikku tyttärelleen ratsuksi. Pari vuotta olin tässä perheessä, mutta sitten perhe joutui komennukselle aivan toiseen maahan eikä minua voitu ottaa mukaan, sanoi Kameli ja nielaisi kuuluvasti. - Kuljeskelin sitten siellä täällä ja yritin jotenkin tulla toimeen, vaikka heikkoahan se välillä oli.

- Meinaat sie et siut jätettii heitteille? kysyi Kalkkuna kiukkuisena, ja muutkin vanhukset mumisivat paheksuvasti.

- No, meilläpäin on kameleita kuin laivoja meressä, hymyili Kameli, ei yhden kamelin kohtaloa kukaan jää miettimään. - Meitä kameleita sanotaankin erämaan laivoiksi, se jatkoi hihittäen. - Siinä mielessä huvittavaa, että laiva on nyt laivassa.

- Mitä sinä teit ennen menoasi diplomaattiperheeseen? uteli Karhu-herra. Muutkin eläimet venyttelivät uteliaasti kaulojaan kamelin suuntaan.

- Olin Algerian rikkaimman sulttaanin Ali Hassanin lempivaimon kamelina, Kameli muisteli ja sen suuriin silmiin syttyi lämmin tuike. - Prinsessa Azira oli hyvä ja kaunis ihminen. Sain syödä niin paljon viikunoita kuin jaksoin. Päivittäin hän ratsasti lenkin kanssani haaremin suuressa puistikossa.

- Miksi et enää ole Ali Hassanin lempivaimon kamelina? kysyi Strutsi.

- Se on surullinen tarina, huokaisi Kameli ja aloitti. - Katsokaas, kun sulttaani otti itselleen lempivaimon, niin hän oli jo silloin vanha mies. Prinsessa taas oli hyvin nuori. Sulttaani oli hänelle hyvä, mutta prinsessa ei rakastanut häntä. Azira kyllä piti kovasti miehestään, mutta sillä lailla kuin mukavasta vanhasta miehestä yleensä pidetään. Toivottu perillinenkin tuli säädetyssä järjestyksessä ja kaikki oli periaatteessa hyvin.

- Mitä sit tapahtu, kerro jo! Kepa Helttanen uteli innoissaan.

- Sitten kävi niin, että sulttaanin nuorin poika, joka oli opiskellut monta vuotta ulkomailla, palasi kotiin. Eräänä päivänä nuo kaksi, prinsessa ja prinssi, törmäsivät toisiinsa haaremin puutarhassa. Ja kuten arvata saattaa, he rakastuivat toisiinsa. Kameli puisteli surullisena päätään muistellessaan.

- Siitä ei tainnut sitten hyvää seurata? päätteli Koira Tasakäpälä.

- Eipä niin, vastasi Kameli. - Nuoret tapailivat salaa, mutta tulihan se ilmi lopulta. Ei haaremissa ole salaisuuksia, aina joku näkee ja tietää. Sulttaanin kateellinen kakkosvaimo piti huolen siitä, että sulttaani sai tietää nuorten tapaamisista. Sulttaani suuttui armottomasti. Olisi varmaan tappanut prinssin ja prinsessan, vaikka lempeä mies olikin. Minun avullani nuorten onnistui paeta haaremista.

- Mutta mitä sitten tapahtui? kimitti pieni ääni. Rottapojat olivat tulleet keittiöstä Kamelin ympärille kuuntelemaan outoa tarinaa ja nuorin niistä oli esittänyt kysymyksen. Vanhuksetkin pidättelivät hengitystään odottaessaan tarinalle jatkoa.

- Juoksin nuoret selässäni erämaan halki hiki karvoista noruen niin nopeasti kuin koiviltani pystyin. En taakseni vilkuillut, annoin vain mennä. Lopulta saavuimme pieneen kaupunkiin ja lyyhistyin maahan pelkästä väsymyksestä. Kun heräsin, nuoret olivat hakeneet minulle juotavaa läheisestä kaivosta. Nuoret itkivät, ettei heillä ole muuta omaisuutta kuin hienot vaatteet päällään. Niistäkin oli luovuttava äkkiä, ettei kaikenlaisten varkaiden huomio kiinnittyisi nuoriin. Minunkin loimeni oli jalokivin koristeltu. Ehdotin, että myydään vaatteet ja loimi, niillä rahoilla tultaisiin vähän aikaa toimeen eikä herätettäisi huomiota.

- Ai hyväne aika, kaikkee sitä siekii oot nähnt, sanoi Kalkkuna ja piteli sydänalaansa pelkästä myötätunnosta. - Mut meehä etteepäi!

- Vaatteista ja loimesta saadut rahat oli ennen pitkää syöty ja juotu, kertoi Kameli. - Sitten oltiin taas rahattomassa tilanteessa. Nuoret laihtuivat. Tiesin, että monesti he jakoivat omatkin viikunansa minulle, että saisin syödäkseni. Kyynel vierähti Kamelin karvaiselle poskelle. - Lopulta ehdotin prinssille ja prinsessalle, että he myisivät minut. Olenhan sentään kantakirjakameli parhaasta päästä, Kameli jatkoi hienoista ylpeyttä äänessään. - Toreilla on usein kamelimarkkinoita, ja ostoksille tulee rikkaita sulttaaneita, jotka eivät kitsastele.

- Silloinko ranskalaisdiplomaatti osti sinut? kysyi Vuohi, joka oli ollut hiljaa tähän asti.

- Minut osti eräs paikallinen sulttaani, joka antoi minut lahjana hyvälle diplomaattiystävälleen. Ja lopun sitten tiedättekin. Olen suunnattoman kiitollinen teille kaikille, olette hyviä eläimiä, kun otitte minut mukaanne, sanoi Kameli liikuttuneena.

- Kuinka prinssin ja prinsessan kävi? uteli Koira.

- Varmasti en tiedä, mutta kuulin välikäsien kautta huhun, että he olisivat matkustaneet jonnekin maaseudulle ja eläisivät siellä mukavasti, vastasi Kameli. - En ole ottanut selvää. Haluan ajatella, että heillä on kaikki hyvin, se hymyili surumielisesti.

- Varmasti kaikki onkin aivan hyvin, sanoi Vuohi rohkaisevasti ja vilkaisi samalla varoittavasti Kalkkunaa, joka oli avannut puheliaan suunsa sanoakseen jotain. Kalkkuna napsautti nokkansa kiinni ja piti arvelunsa omana tietonaan. Mistäpä sekään totuutta tiesi, niin kuin ei kukaan muukaan.

IHANAA SAARISTOLAISELÄMÄÄ

Matka jatkui laiskasti pitkin Välimerta. Toisinaan eläimet poikkesivat johonkin satamaan vain huvin vuoksi tai täydentääkseen ruokavarastojaan. Vanhukset tutustuivat erilaisiin välimerellisiin kulttuureihin, ruokiin ja musiikkiin. Matkan varrella ne ohittivat Sisilian ja Maltan ja viimein ne saapuivat Kreikan saaristossa olevalle Kreetan saarelle, joka oli kuuluisa terveellisestä ruokavaliostaan. Tähän ruokavalioon kaikki eläimet tutustuivatkin innokkaasti ja tekivät myös ruokahankintoja saarelta kotiin vietäväksi.

Elämä oli kaunista ja ihanaa. Päivät täyttyivät auringonpaisteesta, hyvästä ruoasta ja juomasta sekä iloisista ihmisistä ja eläimistä, joita vanhukset tapasivat. Iltaisin eläimet viihtyivät kodikkaissa tavernoissa, joivat aniksella maustettua juomaa ja kuuntelivat paikallista musiikkia. Iltaohjelmaan kuului musiikin kuuntelemisen lisäksi tanssiminen ympyrämuodostelmassa sekä joskus lautasten heitteleminen lattialle. Strutsi tietenkin pyöritteli päätään tällaiselle. Mutta maassa maan tavalla, se ajatteli. Eläimet olisivat jääneet Kreetalle vaikka loppuiäkseen, jollei koti-ikävä olisi vaivannut niitä.

Päätettiin lähteä takaisin tulosuuntaan, Sisiliaan. Siellä voitaisiin rauhassa suunnitella kotiinpaluuta.

- Kuulkaaha, voitasko myö mennä kahtomaa Etnaa, sitä tulivuorta? Mie oon kuult, jot hää on tääl Sisilias, puheli Kepa Helttanen kannella loikoillessaan muille eläimille.

- Kyllä se varmaan passaa, ynähti Karhu-herra raukeasti lepotuolistaan.

- Kyllä minäkin mielelläni näkisin Etnan, sanoi Vuohi nostaen päätään omassa tuolissaan.

- Ei kai se enää toimi? En haluaisi lentää kappaleina taivaan tuuliin tai pudota tulivuoren syövereihin kärventymään, hätäili Strutsi.

- Ei rakkaani, ei se toimi, sanoi Karhu uneliaasti puolisolleen. Vaan mistäpä noista tulivuorista koskaan tietää, se lisäsi itsekseen.

- Mennään ihmeessä, tuskin me ihan heti tulemme uudestaan näille kulmille, totesi Koira. Kyllä olisi kotona metsän eläimille paljon kertomista, se mietti hyväntuulisesti, eivät ne uskoisi puoliakaan matkan tapahtumista,.

- Mekin halutaan mukaan, kimittivät rotat yhteen ääneen. - Päästäänhän me, päästäänhän?

- Tietenkin pääsette, hymyili Strutsi nuorukaisten innolle. Jaa jaa, voisipa itsekin olla aina yhtä innostunut kuin rottapojat tai vanhukset, Strutsi mietti hieman apeana.

- Voithan sinä, sanoi silloin tuttu ääni, sen kuin annat itsellesi luvan nauttia elämästä.

- Joko sinä taas tulet siihen neuvomaan, kivahti Strutsi. - Luuletko tosiaan, etten osaa hoitaa omia asioitani? Strutsilta jäi huomaamatta, kuinka muut eläimet katsoivat sitä hämmästyksen vallassa.

- Aina sinun pitää haalia itsellesi huolia, ääni jatkoi. - Et halua ottaa rennosti.

- On se nyt kumma, kun sinun pitää tulla häiritsemään minua, tiuskaisi Strutsi ja lähti harppomaan pois kannelta. Karhu nousi tuolistaan ja seurasi puolisoaan.

- Vaimo on vähän väsynyt, se kuiskasi mennessään muille eläimille. - Ei mitään vaarallista, mutta käyn kuitenkin katsomassa. Karhu kuuli Strutsin vielä tiuskivan itsekseen. Kun molemmat olivat keittiössä, Karhu sulki Strutsin vahvojen käsivarsiensa karvaiseen syleilyyn.

- Kuulehan kultaseni, Karhu aloitti myötätuntoisesti, mikä sinun oikein on? Luulin, että työtaakkasi helpottui, kun Simpanssi otti osan keittiöaskareista hoitaakseen. Vaikuttaa kuitenkin siltä, että olet kau-

85

hean stressaantunut. Puolisonsa myötätunnon ansiosta Strutsi alkoi ulvoa kurkku suorana.

- Minä OLEN stressaantunut! Luulin, että matkailu on kivaa ja avartavaa ja alkuun niin olikin. Mutta nyt olen kyllästynyt ja haluan kotiin! Strutsi kyynelehti Karhun olkapään märäksi. - Ja kaikki ne ilkeät otukset! En jaksa enää! Uhuhuu!

- Kaikki järjestyy, kaikki järjestyy, rauhoitteli Karhu ja heijaili puolisoaan isällisesti ja puheli Strutsille kuin lapselle. - Istutaanpa nyt oikein alas ja otetaan pienet lääkerommit, niin hetken kuluttua on parempi olla. Ja Karhu kaatoi heille rommitynnyristä laseihin pienet tilkat ja kehotti puolisoaan kumoamaan sen kurkkuunsa. Strutsi teki työtä käskettyä ja heikko punerrus alkoi kohota sen poskille. Sitten Strutsille tuli omituinen dèja vu -tunne. Aivan kuin kaikki olisi tapahtunut ennenkin. Niin olikin, mutta jollekin toiselle. Strutsi muisti, että oli itse rauhoitellut Kalkkunaa tämän saman pöydän ääressä.

- Kiitos kultaseni, Strutsi kuiskasi Karhulle. - Tämä pöytä ja rommitynnyri kuuluvat näköjään tämän reissun terapiatarpeistoon, Strutsi jo hymyili. - Täällä talttuu isompikin lintu, jos sattuu hysteerinen itkukohtaus yllättämään, Strutsi jo tirskui.

- Tiedän, ettei tämä matka ole ollut kovin helppo kenellekään, sanoi Karhu puristaen Strutsin kainaloonsa. - Mutta nyt voimme jo onneksi ajatella, että olemme menossa kotiinpäin.

- Mitähän muut minusta oikein ajattelivat, kun minä sillä lailla..., huokaisi Strutsi.

- Eivät yhtään mitään, valehteli Karhu sujuvasti.

LUKU 6

SISILIAN SAALISTAJAT

Sisiliaan saavuttaessa oli edelleen kaunista ja lämmintä. Merituuli puhalteli lempeästi. Laivalle löytyi hyvä rantautumispaikka, ja vanhukset alkoivat valmistella maihinnousua. Karhu oli kuitenkin päättänyt jäädä puolisonsa kanssa laivalle. Strutsi tarvitsi nyt lepoa ja rauhaa ilman jännityksiä. He voisivat ottaa kannella aurinkoa ja pelata pelejä ja pulahtaa välillä vaikka uimaan, jos siltä tuntuisi. Karhu oli selittänyt muille eläimille vaimonsa tämänhetkisen tilan ja asia oli vanhusten joukossa ymmärretty.

Eläinvanhukset ja rotat pakkasivat evästä mukaan ja lähtivät tulivuorelle. Tuskin ne olivat päässeet maihin, kun paikalle ilmestyi niljakkaan näköinen isokokoinen lisko. Sillä oli päässään borsalino, jonka lieri osittain peitti valjun väriset silmät. Vanhukset huomasivat vielä toisen ja kolmannenkin liskon, borsalinot niilläkin. Liskot hymyilivät vanhuksille epäilyttävän maireasti.

- Päivää, muukalaiset, sanoi suurin liskoista ja sylkäisi savukkeenpätkän hampaidensa välistä rannalle. - Me tässä kerätään pientä tullimaksua laivoilta, lisko jatkoi ja virnisteli merkitsevästi kahdelle kaverilleen.

- Mitäs tullimaksuu työ tääl kerräätte, eihä sellast oo olt muuallakkaa, tuhahti Kalkkuna liskolle. - Eikä tääl näy minkää valtakunna tullirakennustakaa, Kalkkuna jatkoi ja katseli ympärilleen.

- Rouva ei tainnut ymmärtää selvää puhetta, sanoi lisko uhkaavammalla äänellä. - Täälläpäin maksetaan tullia, kun tullaan rantaan, tuliko selväksi? Muut liskot tulivat isoimman kanssa samaan rintamaan ja kohensivat borsalinojensa asentoa.

- Nyt on parasta, että jotain maksetaan, kuiskasi Kameli ystävilleen. - Olen kuullut tarinoita sisilialaisista liskoista, eivätkä kaikki tarinat ole kauniita. Jos meillä on antaa niille vähän rahaa, niin pääsemme ehkä sillä tästä tilanteesta.

- Ja paljonkohan tullimaksu mahtaa olla? kysyi Vuohi kohteliaasti, vaikka sitä sapetti. Se kuitenkin luotti Kamelin tietämykseen liskoista.

- Tullimaksua maksetaan sen verran kuin sattuu sopivasti olemaan tuohta mukana eli se on vain järjestelykysymys, virnuili suurin lisko ikävästi.

- Kattaisiko tämä tullimaksun? kysyi Koira irrottaessaan pannastaan pienen sormuksen, jonka se oli siihen kiinnittänyt. Se siunasi mielessään Kilpikonnan aarteita.

- Annahan tänne, niin katsotaan, sanoi lisko ahneesti. - Joo, kyllä kelpaa. Tällä kertaa. Suojelemme laivaanne roistoilta yhden käynnin ajan. Seuraavalla kerralla maksetaan uusi tullimaksu. Onko teillä enemmänkin tällaisia esineitä? uteli lisko ovelasti.

- Ei toki, tämäkin on joku vanha koru, jonka kerran löysin kadulta, valehteli Koira viattoman näköisenä. - En edes tiedä, onko se aito, se lisäsi teeskennellen tyhmää.

- Mikä lie hely, mutta olkoon tämän kerran, sanoi lisko kavereilleen ja iski niille silmää. - No niin, menkääpä nyt siitä, meillä on paljon tekemistä.

- Mennään, mennään, sanoivat vanhukset ja lähtivät retkelleen tulivuorelle. Liskot jäivät rannalle maleksimaan ja odottelemaan uusia matkailijoita.

- Vai suojelevat roistoilta, puhisi Simpanssi kiukkuisena, kun vanhukset olivat päässeet kuuloetäisyyden ulkopuolelle liskoista. - Itse ovat oikeita emäroistoja. Kuulin kyllä tämän tapaisesta suojelusta Le Circuksen ollessa Amerikan kiertueella. Taidammekin olla oikein pahuuden alkulähteillä.

- Mahtuuhan sitä maailman kaikenlaista, virkkoi Vuohikin happamasti. - Ehkä teemme retkemme ja häivymme sitten tästä paheen pesästä.

- Mennään nyt, me halutaan nähdä oikea tulivuori! huutelivat rotat, jotka painelivat edellä. Rottien hyvä tuuli tarttui vanhuksiinkin ja ne päättivät nauttia retkestä täysin rinnoin.

Aikansa vaellettuaan vanhukset saapuivat tulivuoren juurelle. Niillä ei ollut mitään käsitystä siitä, oliko tulivuoren huipulle kiipeäminen luvallista vai ei. Kukaan ei kuitenkaan ollut kieltämässä, joten eläimet lähtivät kapuamaan pitkin vuoren rinnettä. Kiipeäminen oli rankkaa, mutta levättyään, syötyään ja juotuaan välillä eläimet taas jatkoivat.

Vihdoin, pitkän ajan kuluttua, eläimet saavuttivat vuoren huipun, joka ylhäältä alas vuoreen päin katsottuna oli kuin valtava kraatteri. Eläimet ihmettelivät näkymää ja lähtivät kiertämään huippua. Ja sitten, aivan yhtäkkiä, ne näkivät hirveän näköisen linnun istumassa kraatterin reunalla. Vanhukset ja rotat jähmettyivät ensin yllätyksestä ja sitten kauhusta. Ne tajusivat, että tuo kammottavan näköinen otus ei ollut kukaan muu kuin niiden vanha vihollinen Korppikotka El Condor Jr. Eläimet olivat uskoneet, ettei niiden tarvitsisi enää ikinä kohdata sitä. El Condor hymyili häijysti.

- No kas kas, vanhat ystävänihän ne siinä, raakkui Korppikotka. - Olenkin jo odottanut, että saan tavata teidät.

- Mistä sinä tiesit meitä täällä odotella? kysyi Simpanssi ärtyneenä ja peloissaankin.

- Minulla on tietolähteeni, mutta mitäpä niistä kailottamaan, varsinkaan teille, sihahti El Condor. - Olette olleet julkeita minua kohtaan ja siitä on viimeinkin tultava loppu, se jatkoi ilkeästi nokkaansa nyrpistäen.

- Itse sinä olet omat asiasi sotkenut, sanoi Vuohi vihaisesti. - Meillä ei ole niiden kanssa mitään tekemistä.

- Vai niin sinä vanha väpättäväpartainen vuohenkuvatus kehtaat minulle sanoa, mekasti El Condor raivoissaan.

Korppikotka ei metelöidessään huomannut, kuinka rotat hiljaa hiipivät sen taakse, tarttuivat sen jalkoihin kiinni ja vetivät yhteisvoimin. El Condor menetti tasapainonsa täysin, tuiskahti nokalleen ja putosi kauheasti rääkyen kraatteriin. Se ei saanut kapeassa tilassa tarpeeksi ilmaa siipiensä alle, jotta olisi pystynyt lentämään kraatterista ylös. Rotat nauroivat läkähtyäkseen ja esittivät voitontanssin kraatterin reunalla. Kraatterista kuului karmeaa noitumista ja ähkimistä, kun Korppikotka yritti taistella tietään vapauteen.

- Luulen, että meidän täytyy häipyä ja kiireesti sittenkin, sanoi Koira. - Kyllä tuo kelmi ennemmin tai myöhemmin tuolta nousee ja silloin on parasta olla kaukana.

- Oikeassa olet, hyvä veli, sanoi Vuohi. - Nyt lähdetään!

- Tää nähtävyys tulkii noppeest katottuu, totesi Kepa Helttanen.

Vanhukset kiiruhtivat takaisin laivaan niin nopeasti kuin vanhoilla kintuillaan pääsivät, rotat ratsastivat Kamelin selässä. Rannalla päivystävät liskot katsoivat kummissaan kiireistä joukkoa. Laivaan saavuttuaan eläimet kertoivat Strutsille kaunistellun version tapahtumista. Karhu sen sijaan sai kuulla koko tarinan eikä se pitänyt siitä lainkaan. Ankkuri nostettiin saman tien ja niin jäi kaunis, mutta vaarallinen Sisilia taakse.

JA VAIHTEEKSI TALLISSA

Hevoset makoilivat tallissa. Pirjo ja Paavo nuokkuivat orrellaan. Työmyyrät olivat saaneet vanhainkodin perusremontin lähes valmiiksi, jotkin yksityiskohdat kaipasivat vielä hiomista. Jokapäiväiset työn äänet olivat vaimenneet satunnaisiksi naputuksiksi ja koputuksiksi. Pian myyrät pakkaisivat työkalunsa ja lähtisivät, tulisi hiljaista. Hevosilla oli ollut pitkään päivittäistä ohjelmaa, kun ne olivat seuranneet työmyyrien hyörinää. Ilmat olivat jo viilenneet, kirpeät syyspäivät olivat vaihtuneet märkään pimeyteen. Ehkä kohta sataisi lunta, joka edes hiukan valaisisi maisemaa. Näistä mietteistä Fatiman havahdutti pieni koputus tallin ovelta.

- Minä käyn katsomassa, kuka siellä on, sanoi Pattijalka ja kävi avaamassa oven. Sisään lehahti vitivalkoinen kyyhkynen.

- Hei kaikille, se kujersi mustien silmien välkkyessä uteliaasti. - Olenkohan minä oikeassa paikassa? Minun piti tulla Eläinten vanhainkodin tallirakennukseen.

- Kyllä tämä on oikea paikka, vastasi Pattijalka yhtä uteliaana. - Mutta kuka sinä olet ja mitä asiaa sinulla on? Fatimakin oli noussut katsomaan vierasta.

- Minä olen Blanca, Kirjekyyhkyjen Välimeren osastosta. Tuon ilmoitusta herra Karhulta. Päädyin sattumalta hänen laivaansa Sisilian edustalla, kun jäin laivan mastoon lepäilemään erään rankan reissun päätteeksi. Huomattuaan minut hän keksi antaa minulle tehtävän. Ja tässä sitä nyt ollaan. Tämä näyttää olevan eksoottista seutua. Aika pimeää ja kylmää verrattuna moneen muuhun paikkaan.

- Kaikkeen tottuu, sanoi silloin Paavo, joka oli lennähtänyt tervehtimään vierasta kaunotarta ja kumarsi tälle kevyesti. - Minä olen Paavo ja olen myös kirjekyyhky. Tervetuloa hieman ankeisiin oloihimme. Kesällä täällä on mukavampaa, kun aurinko paistaa ja on muutenkin lämmintä.

- Niinkö, ei uskoisi tällä hetkellä! sirkutteli Blanca ja räpsytteli ripsiään komealle kyyhkylle.

- Jaha, päivää vaan, minä olen Paavon vaimo Pirjo, viestintäalalla myös, ilmoitti paikalle tullut Pirjo napakasti. - Meillä on mieheni kanssa kirjeidenvälitysyritys, Puluposti. Yhteinen yritys pitää puolisot niin kivasti yhdessä ja toimeliaina.

- Niinhän se varmaan on, huokaisi Blanca kevyesti. - Voisinko saada hiukan juotavaa? Lensin pitkän matkan tänne.

- Tottakai, sanoi Fatima ystävällisesti, tule peremmälle lepäämään ja kerro asiasi.

- No niin, kerron mitä pyydettiin kertomaan, aloitti Blanca juotuaan. - Ystävänne ovat tulossa kotiin, mutta ajankohta on vielä auki, lähiviikkoina kuitenkin. Teidän pitäisi mahdollisuuksien mukaan laittaa tallin toisesta päädystä asuinsija isokokoiselle eläimelle.

- Mitä?! Mikä juttu tämä oikein on? ällistelivät hevoset ja kyyhkyt yhteen ääneen.

- En osaa sanoa. Tiedän vain sen, että ystävänne ovat ottaneet Algeriasta ison eläimen mukaansa ja se tulee tänne asumaan, vastasi Blanca. - Jos minulta kysytään, niin sen täytyy olla kameli, koska sellainen oli laivassa.

- Kameli! Laivassa! Hevoset puistelivat päätään ja kyyhkyset tuijottivat toisiaan äimänä.

- Niin. Sitten vielä toinen asia. Iso ilkeä lintu on jälleen nähty. Teidänkin on syytä varoa, ettei se pääse yllättämään. En tiedä mitä viesti tarkoittaa, mutta ehkä itse tiedätte.

- Kyllä me valitettavasti tiedämme, sanoi Pattijalka kulmat kurtussa. - Kiitos, Blanca. Käymme heti huomenna valmistelemaan tallin toista päätyä asumiskuntoon ja olemme linnun suhteen varuillamme.

- Nyt voisin levätä yön yli ja lähteä aamulla matkaan. Vienkö terveisiä herra Karhulle? kysyi Blanca ja haukotteli sydämensä pohjasta.

- Käy vain lepäämään. Karhulle voit viedä terveiset, että viestit on ymmärretty ja vanhainkodin remontti on lähes valmis, sanoi Fatima.

- Minä voin huomenna lähteä saattelemaan, ettet eksy, sanoi Paavo Blancalle maireasti.

- Kultaseni, menemme yhdessä, sanoi Pirjo Paavolle yhtä maireasti.

- Kiitos tarjouksesta, mutta luulen että pärjään ihan itsekseni, tirskahti Blanca ja vetäytyi yöpuulle.

93

MYRSKYN SILMÄSSÄ

Meritursas keinahteli aalloilla, kotimatka oli alkanut. Eläimet olivat päättäneet palata samaa reittiä kuin olivat tulleetkin eli Välimereltä Gibraltarinsalmen kautta valtamerelle. Merimatkasta tulisi pitkä, mutta joka tapauksessa oltaisiin kotiinpäin menossa. Tiedossa oli päiväkausien nuokkumista kannella, pieniä piipahduksia satamissa ja ikävä kyllä myös varuillaan oloa. Kukaan ei tiennyt, kuinka Korppikotka El Condorille oli käynyt tulivuorella. Oli näyttänyt siltä, että tulivuoren kraatteri oli nielaissut inhottavan otuksen kitaansa, mutta varmasti ei kukaan voinut El Condorin kohtaloa tietää.

Vanhukset viihdyttivät itseään ja toisiaan miten jaksoivat ja taisivat. Välillä koottiin bändi soittamaan, joskus pidettiin päivätanssit laivan kannella, joskus lyötiin porukalla korttia. Rotat urheilivat ja pitivät juoksukilpailuja, ja Kalkkuna oli vihdoinkin saanut vanhan ideansa läpi: vanhukset heittelivät hernepussia. Heittely toi jotakin vaihtelua päivien yksitoikkoisuuteen ja saattoihan sitä toiminnaksikin sanoa. Koira yritti innostaa vanhuksia osallistumaan järjestämäänsä bingoon, mutta kun yllätysvoitot puuttuivat, niin eläinten innostus hiipui. Kukapa olisi halunnut palkinnoksi purkillisen oliiveja tai kuivatun lampaanlavan, kun niitä sai muutenkin syödä laivalla kyllästymiseen asti.

Rahtilaiva oli Gibraltarinsalmesta päästyään tullut valtamerelle. Laiva nousi kohti Portugalia ja tarkoitus oli ohittaa se. Vanhukset, rotat, Strutsi ja Karhu katselivat rannikolle päin ja muistelivat ääneen oleskeluaan Lissabonissa. Mitä mahtoi kuulua Eleonooralle ja Juan Gatolle? Pitäisikö poiketa maihin? Vai jatkettaisiinko suoraan kotiin? Aikansa pähkäiltyään eläimet päättivät jäädä ankkuriin Lissabonin aluevesille ja katsoa aamulla, mitä tehtäisiin.

Aamu ei ollut vielä ehtinyt valjeta, kun eläimet heräsivät kauheaan rytinään. Kaikki säntäsivät kannelle. Yön pimeydessä riehui hirveä myrsky, joka ulvoi kauheasti ja repi laivaa. Eläimet eivät ensin nähneet mitään, mutta kun niiden silmät tottuivat pimeään, ne huomasivat että valtava pala oli repeytynyt irti Meritursaan kannesta ja laidasta. Tuuli ja sade piiskasivat. Vanhukset hätääntyivät ja hakivat turvaa toi-

sistaan. Kukaan ei ollut koskaan aikaisemmin nähnyt mitään näin hir-
veää. Kotona oli joskus syksyisin tuuli ulvonut nurkissa, mutta tämä oli
jotakin aivan muuta.

Simpanssi ja Vuohi, joilla oli jonkin verran kokemusta laivoista, yritti-
vät organisoida pelastautumista, mutta niiden äänet hukkuivat myrs-
kyyn ja yleiseen kaaokseen. Eläimet yrittivät pidellä kiinni kuka mistä-
kin, sisätiloihin ne eivät uskaltaneet enää mennä. Ankkuri oli irronnut
meren pohjasta ja laiva heittelehti holtittomasti myrskyn kourissa.
Kuului hirmuinen räsähtävä ääni. Tuuli oli heittänyt Meritursaan päin
vedenalaista kiveä ja laiva katkesi rysähtäen keskeltä poikki. Eläimet
huusivat hädissään apua kurkku suorana, kunnes ne myrskyn riepot-
telemina lennähtivät hyiseen mereen ja alkoivat hitaasti vajota poh-
jaan.

Pohjaan eläimet olisivat jääneetkin ikuisiksi ajoiksi, ellei paikalle oli-
si ehtinyt miekkakalojen parvi. Niiden samojen, jotka olivat saatelleet
rouva Kilpikonnan matkalle esivanhempiensa luokse. Miekkakaloilla
oli tapana päivystää rannikolla myrskyn sattuessa, sillä aina joku lai-
va haaksirikkoutui. Silloin miekkakaloilla riitti töitä niiden pelastaessa
puolihukkuneita rantaan.

- Miekkakalat, huusi miekkakalojen johtaja, tuo rahtilaiva on haaksi-
rikkoutunut, meitä tarvitaan! Nyt mennään!

- Selvä, johtaja! vastasivat miekkakalat ja lähtivät uimaan laivalle.
Kun ne saapuivat uponneen laivan luo, ne hämmästyivät suuresti. -
Tämähän on sama laiva, jolla prinsessa Kilpikonna matkusti!

- Tosiaan, niin onkin! Nyt kiireesti katsomaan, ovatko prinsessan ys-
tävät kunnossa, komensi johtaja parveaan. Miekkakalat näkivät tajut-
tomien vanhusten makaavan sikin sokin meren pohjassa. - Nyt täytyy
toimia vauhdilla, nämä ovat täysin tottumattomia veteen. Jokainen
miekkakala ottaa yhden hukkuneen ja vie nopeasti rantaan. Tässä lai-
vassa oli rottiakin kuusi kappaletta, minä muistan, nekin on löydettävä!

- Käskystä, johtaja! huudahtivat miekkakalat.

Aikansa ahkeroituaan miekkakalojen onnistui kuljettaa kaikki eläi-
met rantaan ja saada pelastetuksi ruokatarvikkeitakin. Myös prinsessa
Kilpikonnan aarteet vietiin laivasta rantaan. Sitten miekkakalat jäivät
mereltä seuraamaan, miten eläimet alkoivat yksi toisensa jälkeen en-
sin yskiä vettä keuhkoistaan ja sitten virota. Aamu alkoi valjeta. Eläin-
ten vanhainkodin asukkaat katselivat pöllämystyneinä toisiaan.

- Missä me olemme? Mitä tapahtui? ihmetteli Koira Tasakäpälä. -
Muistan vain, että rysähti, ja sitten minulta vintti pimeni.

- Laiva upposi, vastasi tokkurainen Vuohi, ja me sen mukana.

- Mut mite ihmees myö sit rannal ollaa, miu järkein mukkaa meiä olis pitänt hukkua, kummasteli Kalkkuna.

- Outoa tosiaan, sanoi Kamelikin. - Hassua niellä näin paljon vettä, ja pystynkin kittaamaan sitä suuret määrät kerralla, se hihitti hieman hysteerisenä. Olihan se jo kaksi kertaa väistänyt kuoleman täpärästi.

- Katsokaapa tuonne, huomasi silloin Karhu ja osoitti tassullaan ulapan suuntaan. - Näettekö? Tuolla kauempana.

- Emmie mittää näe, sanoi Kalkkuna vanhoja silmiään siristelleen. - Mitä miu pitäs nähhä?

- Minä näen miekkakalojen miekat, hymyili Karhu leveästi, ne ovat pelastaneet meidät! Emme olisi mitenkään muuten ajautuneet rantaan.

- Ne ovat varmaan samat miekkakalat, jotka tapasimme aikaisemmin, nyyhkäisi Strutsi liikuttuneena ja alkoi vilkuttaa miekkakaloille. Kaikki muutkin huiskuttivat innokkaasti. Silloin miekkakalojen parvi hypähti ilmaan, tervehtivät rannalla olijoita miekoillaan ja uivat pois.

- Kyl hyö olliit oikei merte ritareit, huokaisi Kepa Helttanen ja pyyhki silmäkulmaansa. - Mut mitäs myö nyt tehhää?

- Mitä jos tehtäisiin nuotio tänne rannalle, lämmiteltäisiin ja syötäisiin. Miekkakalat järjestivät meille näköjään evästäkin ja ainakin minulla on aina uinnin jälkeen kiljuva nälkä, virnisti Koira.

Eläimet virittelivät nuotion, kuivattelivat itsensä ja söivät. Ja koska ne olivat Lissabonin rannalla, ne päättivät käydä tervehdyskäynnillä vanhojen ystävien luona.

ENTÄS SITTEN?

Fado Gatossa oli kaikki ennallaan. Eleonoora oli, jos mahdollista, entistäkin hehkeämpi tervehtiessään vanhoja ystäviään. Juan Gato oli hieman ehtinyt tukevoitua sitten viime näkemän, mutta niin kai kolleille usein tapahtuu ajan ja vakiintumisen myötä. Eläimet istuivat Juanin ja Eleonooran tarjoamalla lounaalla ja kertoivat seikkailuistaan, ja esittelivät heille Eläinten vanhainkodin uuden asukkaan, Kamelin.

- Niin, nyt olemme sitten siinä tilanteessa, että laivaa ei enää ole, kertoili Karhu. - Emme ole ehtineet tietenkään suunnitella vielä yhtään mitään, koska tulimme suoraan rannalta tänne teidän luoksenne, jatkoi Karhu.

- Hyvä kun tulitte, sanoi Juan Gato. - Olihan laivanne vakuutettu?

- Öö... vakuutettu? Enpä tiedä, sanoi Karhu hämmentyneenä ja vilkaisi Strutsia. - Tiedätkö sinä?

- Kyllä laiva oli vakuutettu, muistan asianajaja Korpin sanoneen niin, kun kävimme setvimässä kaikenmaailman papereita, sanoi Strutsi. - Mehän voimme varmistaa sen soitolla, vai mitä kultaseni?

- Minäpä tiedän, mitä tehdään, sanoi Juan. - Menemme käymään Kansainvälisessä Eläinten Vakuutusvirastossa ja asiat selviävät tuota pikaa. Voin toimia tulkkina, jos tarvitaan.

- Ihanaa, rakkaani, sinä olet niin viisas, kehräsi Eleonoora Juanille. Kalkkuna tukahdutti tirskahduksen. Eleonoora oli näköjään nopeasti oivaltanut onnellisen liiton salaisuuden, toivottavasti Juan ymmärtäisi pitää huolen omasta osuudestaan, Kepa Helttanen ajatteli.

Päivä ja ilta vietettiin ystävien kesken, syötiin, juotiin, kuunneltiin fadoa ja hyvän viinin herkistäminä vannottiin ikuista ystävyyttä. Kalkkuna sujautti Eleonooralle hienot helmet, jotka se oli saanut aarteiden jaossa.

- Ota sie tyttö nää helmet. Sitä ko ei koskaa tiijä, mitä elämä tuo tullessaa. Jos et ite tarvii, nii osta sit jottai mukavaa perillisil, jos heit ilmaantuu. Mitäs mie vanha käpy näil teen eikä miul oo kettää kel antas, suhisi Kalkkuna. Kissa kiitti liikuttuneena vanhaa lintua ja lupasi ilmoittaa, mikäli perheenlisäystä tulisi. Kepa Helttanen pääsisi etäkummiksi, jos haluaisi.

Seuraavana aamuna mentiin vakuutusvirastoon, jossa asiat hoituivat nopeasti ja kätevästi Juan Gaton avustuksella. Vakuutusrahat luvattiin viikon kuluessa. Siihen asti olisi aikaa lomailla kauniissa Portugalissa. Ja niin tehtiinkin. Eläimet vuokrasivat bussin ja ajelivat maaseudulla ja kävivät pikkukaupungeissa sekä nauttivat olostaan ja maisemista. Ja milloin retkiltään ehtivät, ne istuivat Juanin ja Eleonooran kanssa Fado Gatossa.

Sitten koitti päivä, jolloin vakuutusrahat tulivat. Oli aika jatkaa matkaa. Ja tavasta, kuinka se tapahtuisi, alkoi varsinainen polemiikki.

- Mie ainakii halluu lentää. Mie en oo ikinä lentänt, nii kalkkuna ku oonkii, vouhotti Kepa Helttanen.

- Niin, olisihan lentäminen mielenkiintoinen kokemus, virkkoi Vuohi mietteliäästi.

- Arvaako sitä lentokoneella..., epäröi Koira Tasakäpälä. - Eikö junalla matkustaminen olisi mukavampaa?

- Lentsikalla, hihkuivat rotat, lentsikalla, lentsikalla!

- Ostetaan uusi laiva ja mennään sillä, ehdotti Simpanssi innoissaan. Kukaan ei hurrannut ehdotukselle, mistä syystä Simpanssi oli varsin pettyneen näköinen.

- Kyllä laiva on jo nähty ja koettu, puheli Strutsi äidillisesti Simpanssille ja taputti sitä käsivarrelle. - Mennään jollakin muulla pelillä tällä kertaa, vai mitä?

- No hyvä on sitten, sanoi Simpanssi jo suopeamman näköisenä.

- Lentokoneeseen minua ei sitten kai oteta mukaan, kun olen näin iso, totesi Kameli murheellisena päätään riiputtaen. Muut eläimet suuntasivat katseensa Kameliin.

- Ketään ei jätetä pois, sanoi Karhu-herra painokkaasti. - Mennään millä mennään, mutta yhdessä pysytään. Kyllä lentokoneesta saa osan penkeistä pois, niin että sisään mahtuu vähän isompikin eläin, se jatkoi ystävällisesti. Muutkin nyökyttelivät.

- Kiitos oikein kovasti, joskus vaan on koon vuoksi syrjitty ja ...

- Eläinten Vanhainkodissa ei ole tapana syrjiä, sanoi Strutsi topakasti. - Totta puhuen minä en ollenkaan haluaisi lentää. Mitä jos vuokrattaisiin bussi ja mentäisiin sillä? Voitaisiin pysähtyä missä ja milloin haluttaisiin eikä oltaisi kiinni aikatauluissa. Nähtäisiin maisemiakin paremmin.

- Minun puolestani voidaan mennä bussilla. Antaisihan bussimatka työmyyrille vielä aikaa tehdä viimeinen silaus rauhassa Eläinten vanhainkodissa, hörähti Karhu. - Niitä on olemassa sellaisia autonvuokrausfirmaketjuja, että voi eri maissa vain vaihtaa autoa eikä tule palautusongelmaa? Ymmärrättehän mitä tarkoitan?

- Ymmärretään, ymmärretään, huutelivat vanhukset. Ja niin saatiin asia päätetyksi ilman erillisiä äänestyksiä. Mentäisiin bussilla.

Eläimet hyvästelivät Eleonooran ja Juan Gaton, tekivät hankintoja reissulle ja hommasivat autonvuokrausfirmasta bussin. Takaosasta poistettiin pari penkkiriviä, sen jälkeen Kameli mahtui mukavasti sisään. Karhu tarjoutui kuskiksi, koska sillä oli ajamisesta eniten kokemusta. Muut lupasivat kykyjensä mukaan tuurata Karhua, jottei matkanteko tulisi sille liian raskaaksi. Niin lähdettiin kotimatkalle. Jokaisella oli iloinen, odottava olo, niin kuin sellaisella, joka on ollut kauan poissa ja sitten tietää kotimatkan vihdoin alkaneen. Karhu-herrakaan ei näyttänyt pahemmin surevan menetettyä laivaansa. Jos sitä huvittaisi matkustella, niin olisi niitä muitakin kulkuvälineitä.

LUKU 7

EL CONDORIN EREHDYS

El Condor Jr. oli taistellut ankarasti päästäkseen tulivuoren kraatterista vapauteen. Väsymyksen hetkinä se oli ollut varma, että kraatterista tulisi sen viimeinen leposija. Mutta raivostaan ja pahasta sisustaan se oli ammentanut voimaa nousta vähitellen ylös pölyn ja lian keskeltä ja lopulta se oli viimeiset voimansa ponnistaen päässyt kraatterin reunalle. Korppikotkaa suututti armottomasti. Se vannoi ettei lepäisi ennen kuin olisi julmasti kostanut tämänkin häväistyksen kaikkien edellisten lisäksi. El Condor tunsi, miten sen sappi kiehui ja levitti mustaa myrkkyään sen tällä hetkellä muutenkin kurjan näköiseen olemukseen.

Korppikotka kuitenkin ymmärsi suuttumuksensa keskellä, että sen täytyi rauhoittua. Raivopäissään tulee vain tehdyksi äkkinäisiä ja huonoja päätöksiä, se tiesi. El Condorin olo alkoi vähitellen tuntua paremmalta, kun se oli saanut itsensä suituksi säädyllisemmän näköiseksi. Kohta se lähtisi etsimään ruokaa. Sen jälkeen olisi kammottavan kostosuunnitelman vuoro. Sitä ei sopinut tehdä hutiloiden. Nyt täytyi kerta kaikkiaan unohtaa suuttumus ja kylmänrauhallisesti tehdä suunnitelmasta niin aukoton, ettei mikään voisi mennä pieleen. Korppikotka alkoi taas kiihtyä ajatellessaan epäonnistumisen mahdollisuutta. Niin ei kertakaikkiaan saanut käydä. El Condor Jr. hengitti muutaman kerran syvään raikasta ilmaa ja päätti keskittyä ruoan hankintaan. Tyhjällä mahalla ei tehtäisi suunnitelmia eikä myöskään kostoiskua.

Korppikotka kohosi siivilleen ja lennellessään se katseli alaspäin pitkin rantaa ruoan toivossa. Rannalla näkyi maleksivan lauma vetelän näköisiä liskoja. Jospa nappaisi yhden niistä vatsan täytteeksi? El Condor teki syöksyn ja nappasi liskoista pienimmän kynsiinsä. Saalis kiljui säälittävästi apua, mutta minkäpä muut liskot isolle linnulle mahtoivat, peräänkään ei päässyt.

- Älä hyvä korppikotka syö minua! aneli lisko henkensä hädässä El Condorilta. - Maistun pahalta ja sen lisäksi isäni kostaa sinulle!

- Ei paljon kiinnosta, minulla on tekemistä omienkin kostojeni kanssa, sähähti Korppikotka.

- Etkö sinä tiedä, kuka minä olen? Jos tietäisit, niin palauttaisit minut kiireen vilkkaa maan pinnalle, vikisi lisko kauhuissaan.

- En tiedä enkä välitä, vastasi Korppikotka pahantuulisesti. - Mistä minä kaikenmaailman liskot tunnen.

- Isäni on Don Lizardo, yritti lisko vielä. - Hän on tämän rannikon kuuluisin suojelija. Jos syöt minut, sinun käy kehnosti. Isäni löytää kaikki, jotka tekevät hänen perheelleen väärin.

- Isäsi saa olla mikä on, mutta minulla on nyt nälkä, sanoi Korppikotka ja hotkaisi liskon yhtenä suupalana. Vain borsalino leijaili hitaasti rannalle.

Rannalla toiset liskot tuijottivat tyrmistyneinä kammottavaa näytelmää yläilmoissa. Siinä meni rannikon suurimman Donin poika korppikotkan kurkusta alas. Liskot painoivat korppikotkan tuntomerkit muistiin, niitä vielä tarvittaisiin. Ja nyt jonkun heistä oli mentävä kertomaan Don Lizardolle huonot uutiset. Liskot vetivät huokaisten pitkää tikkua epäkiitollisesta tehtävästä.

Kuten arvata saattaa, vanha lisko järkyttyi perin juurin poikansa kohtalosta. Hiukan toivuttuaan se laittoi kaikki rattaat pyörimään, jotta korppikotkan ryökäle saataisiin kiinni ja vastuuseen teostaan. Don Lizardon ainoa perillinen oli syöty ja sitä Don ei voinut mitenkään hyväksyä. El Condor Jr.   puolestaan kaarteli taivaalla tyytyväisenä suutaan maiskutellen ja maha pullollaan.

MADRID JA TORO

Ystävykset olivat matkallaan päässeet Espanjan pääkaupunkiin Madridiin. Saatuaan bussin parkkiin eläimet olivat jalkautuneet ihmettelemään suurta kaupunkia. Katujen varsilla oli vieri vieressä vanhoja rakennuksia ja ravintoloita. Päätorilla riitti kuhinaa, ja kaikenlaisia tapahtumia tuntui olevan tauotta menossa. Suuri ihmetyksen aihe Kalkkunalle oli ihmisten esittämät liikkumattomat patsaat.

- Onks tää sitä performanssii? Mite hyö saa oltuu liikkumatta? Miult ei onnistus ensinkää.

- Ovat varmaan harjoitelleet kovasti, ihasteli Simpanssi, vanha sirkuslainen. - Ei tuollainen muuten onnistu.

- Ja katoha sie, tuol on mies puettun valkosii vaatteisii, näätsie? Musta tukka suittu öljyllä ja kitarakii roikkuu kaulas. Hää on varmaa joku suuruus, jost miul ei oo tietoo. Omituist sakkii, täytyy sanoo. Mie taijan lähtee kävelylle ko on saant bussis istuu kankkusa puuduksii. Lähteeks kukkaa miu mukkaa?

- Me voimme Karhun kanssa tulla, sanoi Strutsi. - Katsellaan vähän ympärillemme ja mennään sitten vaikka nauttimaan lasilliset oikein hyvää espanjalaista punaviiniä ulkoilmakahvilaan, se jatkoi unelmoiden. Karhu murahti tyytyväisenä. Sovittiin kohtaamispaikka torin laidalle ja tapaaminen siellä muutaman tunnin kuluttua.

- No, kuomaseni, kelpaisiko minun seurani sinulle? kysyi Koira hetken kuluttua Vuohelta. - Huomaan, että kaikki muut ovat häipyneet jo johonkin. Simpanssi, Kameli ja rottapojat taisivat mennä tuonne, se jatkoi huitaisten epämääräisesti tassullaan johonkin ilmansuuntaan.

- Mitä sanoit? hätkähti Vuohi. Se oli ollut niin ajatuksissaan, ettei ollut huomannut toisten poistumista. - Aivan, aivan. Mennään vain johonkin. Museoon?

- Jos et tosiaan mitään muuta keksi, niin sekin menettelee, virnisti Koira. - Mutta kenties sen jälkeen voisimme tutustua paikallisiin panimotuotteisiin, se jatkoi toiveikkaasti.

- Tietenkin, ystävä hyvä, naurahti Vuohi. - Sehän olisi kerta kaikkiaan anteeksiantamatonta, jos emme niin tekisi. Mutta sitä ennen haluaisin tutustua härkätaistelumuseoon. Kiinnostaisi tietää, mitä ihmisen päässä on liikkunut, kun hän on kehittänyt sellaisen lajin kuin härkätaistelu, jota jotkut peräti urheiluksi nimittävät, se jatkoi vakavoituen.

- Oudolta kuulostaa minustakin. Juodaanpa virkistävät kahvit tuossa kafeteriassa samalla kun katsomme kartasta museon sijainnin, ehdotti Koira.

Kartalta löytyikin härkätaistelumuseo ja sinne Koira ja Vuohi suunnistivat kahvinsa nautittuaan. Matka oli lyhyt, ja samalla saattoi ihastella kauniita vanhoja taloja. Museo löytyi helposti. Juuri kun ystävykset olivat astumassa sisään, Vuohi ehdotti, että mentäisiin ensin katsomaan rakennuksen takapihaa. Takapihat olivat Vuohen mielestä niin idyllisiä, että niihin kannatti tutustua. Niin tehtiin. Museon takapiha olikin todella kaunis suihkulähteineen ja pienine koristepatsaineen. Yllättäen pihan perältä kuului matala mylväisy, joka säikähdytti ystävykset. Ne näkivät hirvittävän suuren mustan härän, joka tuijotti heitä surumielinen katse tummissa silmissään.

- Tulkaa vain lähemmäksi, en minä teitä puske, sanoi härkä matalalla äänellä. - Olette kai museoon menossa? Siellä on minustakin paljon kuvia. Kauan sitten olin Grande Toro, voittamaton härkätaistelu härkä.

Nyt olen vain Toro. Keitäs te olette? Harvoin kukaan tänne takapihalle eksyy. Yleensä saan olla täällä itsekseni.

- Minä olen Koira Tasakäpälä ja tämä on ystäväni Pate von Mäkätin. Olimme tosiaan museoon menossa. Ystävästäni takapihat ovat idyllisiä, joten päätimme ensin kurkata tänne.

- Minkä vuoksi sinä olet täällä takapihalla? kysyi Vuohi. - Eikö härkätaisteluhärät yleensä tapeta? Anteeksi, kysymykseni oli varmaankin tahditon, yskähti Vuohi sitten hämillään.

- Eipä mitään. Kyllä härkätaisteluissa yleensä niin tehdäänkin, vastasi Toro. - Mutta minä olin taisteluissa niin sitkeä, että pelkästä kunnioituksesta henkeni säästettiin. Ilman arpia en kuitenkaan selvinnyt urastani, sanoi Toro ja näytti niskansa ystävyksille. Niska olikin aika ilkeän näköinen arpien risteillessä siinä.

- Aika pahan näköiset ovat, myönsi Koira katsellessaan härkäveteraanin arpia. Vuohikin nyökkäili mietteliäänä.

- Täälläkö sinä vietät eläkepäiviäsi yksinäsi? kysyi Koira katsellen pientä takapihaa.

- Niin, kaikki mahdolliset eläketoverit ovat kaatuneet areenalle, myönsi härkä apeana. - Kaipa minusta kohtapuoliin paistia tehdään, ellen ole jo liian vanha ja sitkeä, se yritti virnistää.

- Lähde meidän mukaamme, ehdotti Koira äkkiä. - Olemme Eläinten vanhainkotiin matkalla. Kyllä joukkoon vielä yksi härkä mahtuu. Saisit viettää rauhassa eläkepäiväsi eikä olisi yksinäistä. Mitä luulet, kuomaseni, kai Strutsi-emäntä tähän suostuu? Koira jatkoi epävarmasti Vuoheen päin kääntyen.

- Strutsi on hyväsydäminen, vaikka onkin välillä topakka, vastasi Vuohi hymyillen. - Minä olen samaa mieltä, lähde vain mukaamme.

- No, jos luulette, että se käy, mumisi härkä hämillään, niin voinhan minä lähteä. Mutta mennään sitten nopeasti. Museovartijat tulevat piakkoin antamaan minulle ruokaa. He eivät saa nähdä lähtöäni.

STRUTSILLE YLLÄTYS

Niin jäi Koiralta ja Vuohelta museo käymättä ja panimotuotteet testaamatta, kovalla kiireellä ne lähtivät Madridin päätorille härkä vanavedessään. Kun Vuohi ja Koira lähestyivät uuden ystävänsä kanssa tapaamispaikkaa, niin Strutsi, Karhu ja Kalkkuna tuijottivat härkää osaamatta sanoa mitään. Strutsi kääntyi puolisonsa puoleen.

- Kultaseni, sano minulle, että se mitä näen, on kuumuuden luomaa kangastusta, Strutsi kuiskasi.

- Rakkaani, minä näen sen myös, kuiskasi Karhu takaisin. - Ja minulla on lisäksi aavistus.

- Niin minullakin, voi hyvänen aika, voihkaisi Strutsi hiljaa. - Kyllä minä vielä ymmärrän, että Kalkkuna haalaa mukaansa jonkun, mutta että Vuohi ja Koirakin. Voi hyvänen aika! Mihin tuon kokoinen eläin edes pannaan? Strutsi vaikeroi jo kovemmalla äänellä ja väänteli siipiään.

- Otetaan ihan rauhassa, rakkaani, suhisi Karhu. - Kyllä sopu sijaa antaa, vai miten se nyt menee. Sanotaan nyt ainakin päivää tälle tyypille.

- Minkä ihmee otuksen hyö on ottant mukkaa? päivitteli Kalkkuna äänekkäästi. - Vaik eipä tuo kait sen kummemp oo ko kamelikkaa. Mahtaaks tuokii tulla vanhaikottii?

- En tiedä, en todellakaan vielä tiedä, ähisi Strutsi ja myös näytti siltä ettei tiennyt.

- Härän, Koiran ja Vuohen tullessa paikalla olevat olivat saaneet kootuksi itsensä sen verran, että kykenivät tervehtimään vierasta kohteliaasti. Härkä oli hämillään tilanteesta eikä oikein tiennyt, kuinka siihen suhtautuisi. Tasakäpälä alkoi selittää.

- Oltiin tuon Paten kanssa menossa härkätaistelumuseoon ja sitten mentiinkin takapihalle, josta me löydettiin Toro, tämä härkä tässä, ja koska hän on jo vanha, niin hänestä meinattiin tehdä pihviä ja kuitenkin hän oli aikoinaan arvostettu taistelija eikä hänellä ole mitään paikkaa, jossa viettäisi vanhuuden päiv...

- Ymmärrän, ymmärrän, herra Tasakäpälä, sanoi Strutsi nostaen molemmat siipensä pystyyn Koiran puhetulvan katkaisemiseksi. - Nyt minun täytyy saada ajatella. Ehdotus taitaa kuitenkin olla, että tämä herra Toro lähtee kanssamme Eläinten vanhainkotiin.

- Niin me Paten kanssa ajattelimme, ettei esteitä varmaankaan olisi ja että kyllä yksi härkä aina mukaan mahtuu ja …

- Aivan, aivan. Mutta niin kuin sanoin, minun täytyy saada hetki ai-kaa ajatella asiaa, sanoi Strutsi, käänsi selkänsä ja meni menojaan jon-kin matkan päähän.

- Nyt on parasta antaa hänelle aikaa, sanoi Karhu Koiralle. Siihen oli Tasakäpälän tyytyminen.

Strutsi pähkäili pää savuten. Sillä olisi jo nyt selostamista viran-omaisille. Kameli oli vieraan maan eläin, mistä sen tiesi, saisiko se tul-la Eläinten vanhainkotiin. Ja nyt vielä tämä uusin tulokas, espanjalai-nen härkä. Mitä viranomaiset siitäkin sanoisivat? Pitikö vanhainkodin asukkaiden kerätä kaikki mahdolliset eläimet matkalta mukaan? Mikä ihmeen Nooan arkki hänen vanhainkotinsa oli? Strutsi pyöri tuskaise-na ympyrää päätään pidellen.

- Sinä stressaat taas, kuuli Strutsi äänen. - Mitä jos vain matkustaisit kotiin ja katsoisit kuinka käy? Eivät viranomaiset mitään hirviöitä ole. On niilläkin tunteet.

- Ja sinä taas! Enkö saa miettiä mitään asiaa rauhassa ilman että olet selostamassa, mitä minun kuuluu tehdä? kivahti Strutsi äänelle.

- Pakkohan tässä on puuttua, kun alat taas hermoilla, sanoi ääni. - Eivät asiat stressaamalla etene. Yleensä ne tuppaavat järjestymään. Sama lopputulos ilman verenpaineen nousua.

- Ole hiljaa. Vaikka oikeassa olet, täytyy myöntää, naurahti Strutsi. Sitten se veti otsansa hiukan ryppyyn. - Älä silti luule, että voit joka kerran häiritä ajatteluani, se tuhahti.

- En toki, vain silloin kun stressaat, vastasi ääni vienosti.

- Kiitoksia vaan, nyt voit häipyä, sanoi Strutsi, kääntyi ja meni takai-sin vanhusten luo.

Samaan aikaan paikalle saapuivat omilta reissuiltaan Simpanssi, rot-tapojat ja Kameli. Ne katsoivat silmät suurina valtavaa härkää, joka seisoi Koiran ja Vuohen rinnalla. Härkä huomasi ensimmäiseksi Kamelin, jolla oli kauneimmat silmät ja tuuheimmat ripset, jotka se oli koskaan nähnyt. Kameli näki härän arpisen niskan ja surumieliset silmät. Se mietti miltä näyttäisi, jos nuo tummat silmät tuikkisivat iloisina. Strutsi, joka juuri lähestyi joukkoa, huomasi nämä katseet. Se huokaisi ja hymyili sitten Karhulle.

- Minusta näyttää siltä, että meille tulee kaksi uutta asukasta Eläinten vanhainkotiin, Strutsi ilmoitti odottavalle kuulijakunnalle.

- Hurraa, hyvä Strutsi! huutelivat vanhukset ja rottapojat. - Mahtavaa!

- Kiitos, tipuseni, kuiskasi Karhu lempeästi puolisolleen.

Nyt kun Härkä katsottiin porukkaan kuuluvaksi, alkoi vimmattu toivottelu tervetulleeksi joukkoon ja utelu Härän menneisyydestä. Härkä oli aivan pyörällä päästään, se kun oli tottunut olemaan kauan yksin. Lopulta Simpanssi pelasti Härän pyytämällä sen talkoisiin. Bussista piti näet poistaa vielä pari penkkiriviä lisää, jotta Härkäkin mahtuisi sisälle. Takaosassa olisi sitten mukava isoimpien eläinten yhdessä taittaa taivalta, hymyili Simpanssi silmää iskien hämilliselle Härälle. Penkkioperaatio täytyisi tietenkin aina toistaa bussia vaihdettaessa, mutta onneksi oli vahvoja eläimiä mukana.

CAMILLE JA TORO

Jokainen ajettu kilometri toi eläimiä yhä lähemmäksi Eläinten vanhainkotia. Kaikissa alkoi jo näkyä kotiin saapumisen riemua, vaikka matkaa oli vielä. Eläimet suunnittelivat mitä kaikkea tekisivät kotiin tultuaan. Mentäisiin tapaamaan herra Hirveä ja herra Majavaa ja kaikkia heidän sukulaisiaan, pidettäisiin kotiinpaluujuhlat, joihin kutsuttaisiin kaikki ystävät ja tutut pankinjohtaja Leijonaa ja asianajaja herra Korppia myöten. Karhu-herran tämänhetkinen suunnitelma oli korvatulppien hankinta, niin kova oli meteli ajoittain. Strutsi oli rauhallinen. Sille oli muodostunut vahva usko siihen, että viranomaiset suhtautuivat suopeasti uusiin asukkaisiin, Camilleen ja Toroon. Se kääntyi katsomaan bussin takaosassa loikoilevia Härkää ja Kamelia. Ne näyttivät juttelevan keskenään.

- Oletko kauankin kuulunut tähän joukkoon? kysyi Härkä Kamelilta.

- En toki, aivan äskettäin liityin, vastasi Kameli. - Olen Algeriasta. Minut aiottiin myydä kamelimarkkinoilla. Kukaan ei kuitenkaan huolinut minua, kun olen niin vanha, se jatkoi ja katseli ulos ikkunasta. Härkä huomasi Kamelin silmien kostuvan.

- Miten se on mahdollista, noin ihastuttava kun olet! huudahti Härkä vilpittömästi.

- Kepa Helttanen minut sitten hyvää hyvyyttään osti, vastasi Kameli salaa mielissään Härän kohteliaisuudesta. - Muussa tapauksessa minun olisi täytynyt lähteä erämaahan. En nyt olisi tässä, jollei Kalkkuna olisi Simpanssin kanssa minua ostanut. Voin joskus toiste kertoa sinulle koko tarinan. Mutta entä sinä? Näin kun tulit Koiran ja Vuohen kanssa, mutta miten sinä heidän mukaansa jouduit?

- Minä asuin härkätaistelumuseon takapihalla. Elleivät Koira ja Vuohi olisi vilkaisseet sinne, niin siellä olisin vieläkin. Tai paistinpannulla. Museon omistaja alkoi jo puhella, että olen turha menoerä. Että vain kulutan syömällä, mutta en tuota mitään. Nyt sain mahdollisuuden arvokkaisiin eläkepäiviin, vaikkei elämäni mitenkään huonoa ollut siellä takapihallakaan. Mutta yksinäistä minulla oli ja odottelemista, milloin viedään teuraaksi.

- Sinulla on kuulemani mukaan arvostettu ura takanasi? totesi Kameli pienen hiljaisuuden jälkeen. - Paljon palkintoja ja sillä lailla.

- Onhan noita. Mutta ei siinä hieno ura ja komeat palkinnot paljon paina, jos joutuu yksin elämään. Sitä paitsi palkinnot ovat entisen omistajani kaapissa. Olen kiitollinen, että uudet ystäväni ottivat minut mukaansa. Ja mukavaa on sinuunkin tutustua, Härkä jatkoi hämillään katsellen bussin lattiaa.

- Minustakin on mukavaa tutustua sinuun, sanoi Kameli punastellen ja loi sekin katseensa ujosti alas. - Ehkä meistä voisi tulla ystävät? se jatkoi rohkeammin ja suuntasi pitkäripsisen katseensa Härkään.

- Tottakai! Olen aina ystäväsi ja enemmänkin, jos haluat, henkäisi Härkä kiihkeästi etelämaalaisten tapaan. - Lupaan olla puolustajasi, ritarisi ja mitä ikinä haluatkin!

- Voi, tuo on niin paljon sanottu! häkeltyi Kameli. - Ei sinun tarvitse minulle mitään luvata.

- Ei tarvitse, mutta lupaan, sanoi Härkä. - Olen uskollisin ystäväsi hamaan hautaan saakka.

- Kiitos, sanoi Kameli liikuttuneena. - Minäkin olen sinun ystäväsi. Enkä anna koskaan kenenkään pilkata arpiasi.

- Enkä minä anna kenenkään tehdä pilaa sinun kyttyröitäsi, sanoi Härkä ja röyhisti rintaansa.

Kun Strutsi seuraavan kerran vilkaisi bussin perälle, se näki Kamelin ja Härän lepäävän somasti kylki kyljessä. Ne näyttivät onnellisilta. Niin se vakka kantensa valitsee, myhäili Strutsi ja loi lämpimän katseen puolisoonsa Karhuun, joka hyräili hiljaa itsekseen ajaessaan.

MATKANTEKOA JA VIIHDYKETTÄ

Eläimiä oli alkanut kyllästyttää pitkät ajorupeamat. Vanhukset yrittivät epätoivon vimmalla keksiä ajojen ajaksi tekemistä, sillä jos muuta ei ollut tarjolla, niin Kalkkuna pani kaikki heittelemään hernepussia. Se oli viimeisin huvitus, jota kukaan halusi. Kepa Helttanen ei voinut ymmärtää, miksi niin hauska liikuntamuoto ei saanut kannatusta.

111

- Mitä jos minä kirjaisin ylös kaikkien lempilaulut? Sitten voitaisiin laulaa niitä yhteislauluna, vai mitä? ehdotti Koira Tasakäpälä eräällä pitkällä ja yksitoikkoisella taipaleella.

- Mainio idea, huutelivat vanhukset helpottuneina uudesta ideasta. Taas kerran oli pelastuttu hernepussin heitolta.

Koira kirjasi kaikkien laulutoiveet ylös ja lista oli seuraavanlainen:

Lähtekäämme Afrikkaan (Strutsi)

Jos metsään haluat mennä nyt (Karhu)

Apina ja Gorilla (Simpanssi)

Mikki Hiiri merihädässä (rotat)

Karjalan kunnailla (Kalkkuna)

Itämaista rakkautta (Kameli)

Viva Espanja (Härkä)

Oi katsopas vaari tuota hauvaa (Koira)

Soita mulle balalaikkaa (Vuohi)

Laulamalla saatiin kulumaan tovi jos toinenkin. Ensin laulettiin kaikista lauluista kaikki säkeistöt. Niiden lisäksi kertosäkeet laulettiin moneen otteeseen. Laulutuokioita venytettiin vielä laulamalla laulut eri kokoonpanoissa. Oli hyvin liikuttavaa, kun rotat esittivät nuorilla äänillään Kepa Helttasen lempilaulun. Siinä tuli väkisin tippa silmään muillekin kuin Kalkkunalle. Eikä kukaan voinut olla hymyilemättä Härän versiolle Mikki Hiirestä, varsinkin kun Härkä esitti sekä kertojan että Mikin osuuden. Eläimillä oli niin hauskaa, että ne päättivät tehdä vielä toisenkin laululistan. Jos ei matkalla ehdittäisi laulamaan, niin kotona ainakin.

Koira oli innoissaan. Vanhainkodin orkesteri The New Animals voisi ottaa ohjelmistoonsa muutakin kuin rokkia. Esimerkiksi Härän hienolla baritonilla esitetty Viva Espanja olisi oikein vauhdikas bändin säestämänä. Ja pikku rotat Kepan kanssa laulamassa, voi miten somaa! Koira hieroi tassujaan. Rokin sekaan hiukan muuta, hieno konsepti, sopii jokaiseen makuun. Tiedä vaikka keikat lisääntyisivät, Tasakäpälä tuumi.

Matkaa oli tehty läpi Ranskan, Saksan, Puolan ja Liettuan. Seuraava pysähdyspaikka oli Latvia. Siellä pysähdyttiin tutustumaan Riikaan, Latvian pääkaupunkiin. Koira ja Vuohi suunnistivat samantien idyllisen näköiseen kahvilaan toiset eläimet vanavedessään. Täytyihän toki Riikan balsamia kahvin kanssa maistaa, kun kerran tänne asti oli tultu, ne vihjaisivat tovereilleen. Kahvila oli yllättävän täynnä, ja asiakkaina näytti olevan paljon muitakin kuin latvialaisia. Kahvilan emäntä osasi kertoa, että Viron pääkaupungissa Tallinnassa olisi parin päivän päästä amatöörien laulujuhlat, sinne kaikki olivat menossa. Koira oli riemuissaan. Nyt olisi mainio tilaisuus päästä esiintymään. Muutkin eläimet alkoivat innostua. Juhlilla päästäisiin oikein kansainväliseen seuraan! Ja Tallinna olisi kotimatkan varrella, päivä pari sinne tänne ei enää haittaisi, kun koti oli jo niin lähellä. Niinpä päätettiin ajaa Tallinnaan ja ottaa osaa laulujuhliin.

Matkan jälleen jatkuessa Simpanssi pani merkille bussin ikkunasta, että kaksi suurta varista lenteli aivan auton tuntumassa. Ne näkyivät puhelevan keskenään ja osoittelevan välillä bussia.

- Keitä mahtavat olla nuo tyypit, jotka seuraavat meitä? puheli Simpanssi katsellen ikkunasta ulos taivaalle.

- Pari varista siellä vain lentelee, murahti Koira unisesti vilkaistuaan ikkunasta. Tasakäpälää väsytti, sillä se oli tehnyt kovasti ajatustyötä lauluohjelmistoa suunnitellessaan.

- Ne ovat lennelleet tuossa jo kauan, sanoi Simpanssi. - Minä en ainakaan tunne niitä.

- Ovat ehkä vain uteliaita, sanoi Härkä. - On tietenkin epäkohteliasta tuijotella meitä kuin sonni uutta veräjää, se murjaisi puujalkavitsin. Kameli hihitti tikahtuakseen Härän jutulle.

- Anna sie heijän lennellä, eikös se normaalisti kuulu lintuje toimintoihi? ynähti Kalkkuna ja haukotteli antaumuksella.

- Niin kai sitten. Taidan olla hieman vainoharhainen, mutta kun on tapahtunut kaikenlaista viime aikoina, sanoi Simpanssi, päätti unohtaa koko asian ja ottaa pienet nokoset.

- Samaan aikaan yläilmoissa lentävät varikset keskustelivat keskenään.

- Kyllä tuo on selvästi vanhusten bussi. Nyt vaan seurataan sitä. Don Lizardo sanoi, että siellä missä ovat vanhukset, on hetken päästä myös Korppikotka El Condor Jr., sanoi toinen variksista.

- Aivan niin, sanoi toinen. - Pysytellään perässä. Ja kunhan Korppikotka näyttäytyy, niin on aika ottaa yhteyttä Hurjiin Hukkiin. Ne ovat levittäytyneet pitkin maata, aina niistä joku pyörii lähistöllä.

- Toivottavasti Hurjat Hukat tajuavat, että me olemme vain viestintuojia, sanoi ensimmäinen varis hätäisenä.

- Tietenkin tajuavat, vastasi toinen. - Hurjien Hukkien päällikkö Susi-Ruma tietää, että olemme Don Lizardon päävakoojat, ei meille mitään tehdä. Kukaan ei halua saattaa Donia huonolle tuulelle, se jatkoi virnistäen.

- Minulla kumminkin vaimo ja lapset, leipää tässä vaan yritetään saada pöytään, mutisi ensimmäinen varis.

- Ole huoletta, kaikki hoituu, vastasi toinen. - No niin, lennetäänpä liukkaammin, että pysytään perässä.

LAULUJUHLAT JA HURJAA TOUHUA

Ihmiset ja eläimet tungeksivat Tallinnan torilla. Kaikki halusivat nähdä mahdollisimman paljon. Torin laidalle oli rakennettu hieno ja näyttävä lava. Jonotuslappuja esiintymiseen sai kioskista pääsisäänkäynnin vierestä. Koira oli kuumissaan, se oli jonottanut lappuaan kauan, mutta vihdoin oli senkin vuoro saada omansa. Tasakäpälä riensi innoissaan toisten eläinten luo, heidän vuoronsa esiintyä olisi parin tunnin päästä. Nyt haettaisiin instrumentit bussista ja vielä ehdittäisiin hetki harjoitellakin. Orkestereille oli varattu harjoittelupaikat kauempana lavan takana.

- Jo on väkkee, siunaili Kalkkuna. - Miuta jännittääkii nii paljo, jot mahtaaks miu äänein juuttuu kurkkuu? se epäili hermostuneena.

- Ota ihan rennosti, rauhoitteli Koira. - Kuvittele, että ollaan vaan omalla porukalla. Tosiasiassa Koiraa itseäänkin jännitti monituhatpäinen yleisö.

- Nii se vissii pittää tehhä, sanoi Kalkkuna. - Mut ko mie en oo enne ollu mukana näi isos mussiikkijuhlas!

Eläimet syventyivät harjoittelemaan esityksiään ja aika hurahti kuin siivillä. Sitten jo kuulutettiinkin Eläinten vanhainkodin orkesteri The New Animals lavalle. Kalkkuna kiitteli ja siunasi huonoa näköään, yleisö oli kuin yhtä ja samaa massaa, yksilöitä ei erottanut. Kun ei nähnyt, ei myöskään pelottanut, Kalkkuna ajatteli mielestään loogisesti. The New Animals esitti parhaat kappaleensa ja sai valtaisat suosionosoitukset. Koira oli onnessaan ja jäi kumartelemaan sinne ja tänne vielä sittenkin, kun muut orkesterinjäsenet olivat jo poistumassa. Vuohi nykäisi vaivihkaa haltioitunutta ystäväänsä kyynärpäästä. Sitten Tasakäpäläkin älysi poistua lavalta.

Orkesteri oli pakkaamassa soittimiaan, kun yhtäkkiä kuului kauhea ja uhkaava rääkäisy.

- Löysinpäs teidät, senkin vanhat karvakasat! Nyt teille koitti tuomi-
on päivä! Tällä kertaa ette livahda kynsistäni! raivosi ruma Korppikotka
vanhusten yläpuolella ja hakkasi siivillään ilmaa. Silloin Strutsi suuttui.

- Mikä kumma sinua riivaa? Ahdistelet vanhoja eläimiä jatkuvasti!
Etkö osaa pysyä poissa ja antaa meidän elää omaa elämäämme rau-
hassa? huusi Strutsi raivoissaan, otti taisteluasennon ja valmistautui
hyökkäämään Korppikotkan kimppuun. Se oli kerta kaikkiaan saanut
tarpeekseen El Condorista. Ympärillä olevat ihmiset ja eläimet väistyi-
vät kauemmaksi.

- Sinut tuhoan myös, senkin tyhmä iso lintu! kähisi Korppikotka. -
Olet aivan liian usein vesittänyt suunnitelmani!

Sitten alkoi tapahtua. Korppikotka oli laskeutunut maan tasalle käy-
däkseen Strutsin kimppuun. Karhu oli kiirehtinyt puolisonsa viereen
puolustusasemiin, muut eläimet seisoivat vielä hölmistyneinä Strut-
sin takana. Kesken kaiken alkoi kuulua hirveää lähestyvää pärinää. Ja
hetkessä Korppikotkan ja Strutsin ympärillä oli rinki vaarallisen näköi-
siä susia mopoineen. Sudet irvistelivät ilkeästi Korppikotkalle. Sitten
susien johtaja alkoi puhua.

- Vai tämän näköinen on El Condor Junior, se honotti venyttäen sa-
nojaan. - Eipä ole häävi ilmestys. Terveiset Don Lizardolta. Oli virhe
syödä hänen ainoa poikansa.

- Keitä te olette ja miksi häiritsette minua? yritti Korppikotka uhota,
vaikka sen punainen pää oli käynyt astetta vaaleammaksi.

- Me pidämme täällä järjestystä, vastasi susijoukon johtaja. Tällä ker-
taa järjestykseen kuuluu toimittaa sinut pois maisemista, tarkemmin
sanottuna Don Lizardon luo. Ehkäpä esittäydymme, minä olen Susi-
Ruma ja tässä on joukkoni Hurjat Hukat. No niin, kaverit, pannaanpa
Korppikotka kyytiin ja lähdetään ajelulle.

Nopeasti ja tehokkaasti El Condor istutettiin sidottuna mopon kyy-
tiin ilkeän näköisen suden taakse. Nyt Korppikotka oli jo kalvennut

täysin eikä uhosta ollut enää tietoakaan. Vanhainkodin asukkaat ja muut paikalla olijat tuijottivat paikalta kaasuttavan susilauman perään. Korppikotkan raakkuminen hukkui moottorien meteliin.

Niin kuin yleensä isoissa tapahtumissa, suurin osa yleisöstä ei edes huomannut välikohtausta. Laulujuhlat jatkuivat ja esiintyjiä riitti. Palkinnot ja kunniakirjat jaettiin aikanaan. Eläinten vanhainkodin orkesteri sai kunniamaininnan erityisen komeasta yrityksestä. The New Animals oli selvästi myös yleisön suosikki. Vaiherikkaan päivän päätteeksi uupuneet eläimet ajoivat Tallinnan satamaan ja siirtyivät busseineen laivaan. Laivassa nautitun illallisen jälkeen vanhukset menivät suoraan hytteihinsä lepäämään eikä kenenkään tarvinnut odotella unen tuloa.

VIHDOINKIN KOTONA

Loppumatka sujui ilman kommelluksia. Ja sitten, vihdoin viimein, näkyi tien päässä Eläinten vanhainkoti! Tätä hetkeä olivat jo kauan odottaneet vanhukset, Strutsi ja Karhu, rottapojat sekä tietenkin uteliaimpina kaikista uudet asukkaat Kameli ja Härkä.

Puluposti oli kulkenut vanhainkodin ja eläinten välillä, joten hevospariskunta Fatima ja Pattijalka osasivat olla vastaanottamassa tulijoita. Kun bussi pysähtyi ja vanhukset pääsivät tutun pihamaan kamaralle, oli jokaisen mahdotonta pidätellä ilonkyyneleitä. Hevoset ja vanhukset kaulailivat toisiaan ja Strutsia ja Karhua. Pieniä rottapoikia heiteltiin leikkisästi ilmaan ja kaikki olivat niin iloisia kuin vain voivat. Kameli ja Härkä tunsivat hetken olonsa ulkopuolisiksi, mutta sitten Fatima ja Pattijalka tulivat tervehtimään niitä sydämellisesti.

- Vai tältä uudet asukkaat näyttävät! Tervetuloa Eläinten vanhainkotiin! Täällä onkin nyt erityisen hienoa, kun on uudet maalit seinissä ja muutenkin paranneltu paikkoja, Pattijalka selitti.

- Niin, tervetuloa! sanoi Fatimakin ystävällisesti. Se huomasi Kamelin paljon nähneet silmät ja arvet Härän niskassa ja tiesi, että tekisi kaik-

kensa, jotta näillä eläimillä olisi hyvä olla vanhainkodissa. Olihan se it-
sekin ollut joutua makkaratehtaalle, kyllä se tiesi, miltä tuntui, kun al-
koi olla tarpeeton.

- Kiitos vain kovasti, vastasi Kameli kainosti. Se tunsi vaistomaisesti
pitävänsä Fatimasta, ehkä heistä tulisi ystävätkin. - Täällä on niin kau-
nista. Olen kiitollinen, että sain paikan luonanne ja uskon että ystävä-
ni Härkä on samaa mieltä kanssani.

- Olemme laittaneet teille yhteisen asumuksen, kun pikkulinnut lauloivat, ettei teillä ole mitään sitä vastaan, sanoi Fatima Kamelille hymyillen. Saatte tulla minun ja puolisoni Pattijalan naapureiksi tallirakennukseen. Ollaan sitten vähän niin kuin paritalossa.

- Voi miten ihanaa! huudahti Kameli vilpittömästi. - Tuntuu niin hyvältä ajatella, että on oma koti, josta ei tarvitse lähteä mihinkään ja saa olla rauhassa, se jatkoi hiljaa kyyneleen karatessa poskelle.

- Täältä ei tarvitse lähteä kuin viimeiselle matkalle, sanoi Fatima. - Mutta mennään nyt katsomaan, miltä asuntonne näyttää. Ja niin Kameli lähti Fatiman kanssa kohti tallia.

Härkä katseli ympärilleen. Se oli ihmeissään. Se ei ollut tiennyt, että tällaista paikkaa on olemassakaan. Se tunsi olevansa onnekas, koska sitä oli pyydetty tänne. Se päätti mielessään, ettei kenenkään tarvitsisi katua tuota kutsua. Ja kyllä se jaksaisi vielä hiukan työtäkin tehdä ruokansa eteen.

Kotiinpaluujuhlat päätettiin pitää myöhemmin, kunhan matkalaiset olisivat levänneet kunnolla. Juhliin kutsuttaisiin Hirvi- ja Majavaperheet, pankinjohtaja Leijona, joka oli jo monesti tiedustellut hevosilta Kepa Helttasen kotiintulosta, ja muut mahdolliset ystävät ja tuttavat. Pirjo ja Paavo saisivat ennen juhlia lähteä Ruotsiin ilmoittamaan Alfredille, että kaikki oli hyvin, ja sen jälkeen Portugaliin kertomaan samat uutiset Eleonooralle ja Juanille. Ja jos miekkakaloja näkyisi matkan varrella, niin heille myöskin voisi viedä terveiset.

Pulut lähtivät ja palasivat. Ne toivat Alfredilta terveiset, että kartanon elämä oli ennallaan, ja Vuohelle erikseen sellaiset terveiset, että joskus myöhemmin seuraavana keväänä Alfred tulisi käymään oikein ajan kanssa. Eleonooralle ja Juanille oli kuulemma tulossa perheenlisäystä, joten Kalkkuna pääsisi etäkummiksi jonkin ajan päästä. Miekkakaloja ei ollut tällä kertaa näkynyt. Yhteistuumin oltiin kuitenkin sitä mieltä, että niillä oli kaikki hyvin, kun muutakaan näyttöä ei asiasta ollut.

Sitten koitti juhlapäivä. Simpanssi ja rottapojat olivat ahkeroineet ura-
kalla keittiössä ja herkkuja oli valmistunut siihen tahtiin, että Strutsi alkoi
epäillä kuka ne kaikki söisi. Ohjelmaa oli myös laadittu yllin kyllin. Orkes-
teri soittaisi sekä vanhaa että uutta ohjelmistoaan, lisäksi oli Kepa Heltta-
sen runonlausuntaa ja laulantaa, Simpanssin steppausta ja voltinheittoa,
jos selkä vain kestäisi. Tilaa oli jätetty yllätysesiintymisillekin, sillä tiedet-
tiin vanhastaan, että Strutsin omatekoinen booli kirvoitti jäykänkin eläi-
men mahtavaan taiteelliseen suoritukseen. Ja mikä hienointa, itse maa-
herra Sauli Saukko oli lupautunut juhlien avaajaksi.

Kun höyhenet oli suittu ja vihonviimeinenkin karva ojennuksessa, me-
nivät vanhainkodin asukkaat ja metsän eläimet pihalle. Sieltä maaher-
ra tulikin sovittuun aikaan ja leikkasi nauhan uudistetun vanhainkodin
portilla hurraa-huutojen kannustamana. Siitä hetkestä alkoi taukoama-
ton iloinen metakka, joka ei ottanut asettuakseen koko päivänä ja iltana.
Siinä juhlinnan sumussa ja humussa vietettiin vielä kahdet kihlajaisetkin,
Kalkkunan ja pankinjohtaja Leijonan sekä Kamelin ja Härän. Ja taisi maa-
herrakin vilkuilla Majavan vanhinta tytärtä sillä silmällä.

Aamu jo sarasti, kun eläimet vihdoin väsyneinä ja onnellisina tuuper-
tuivat nukkumaan. Ihana rauha laskeutui vanhainkodin ylle.

LOPPUSANAT

Hurjat Hukat olivat päässeet melkein perille Sisilian rannikolle Don Li-
zardon luokse. El Condor Jr. oli koko pitkän ja töyssyisen matkan yrittänyt
salaa irrotella köysiä, joilla se oli sidottu. Nyt siitä tuntui siltä kuin ne an-
taisivat hieman periksi. Oliko se vain tunne? Ja loppuisiko aika kesken?
Korppikotka jatkoi epätoivoista aherrustaan...